光文社文庫

文庫書下ろし／長編時代小説

術策

惣目付臨検仕《つかまつ》る(二)

上田秀人

光　文　社

この作品は光文社文庫のために書下ろされました。

目次

第一章　小波大波　13
第二章　役の始め　69
第三章　殿中暗闘　125
第四章　監察の闇　182
第五章　雌伏の客　238

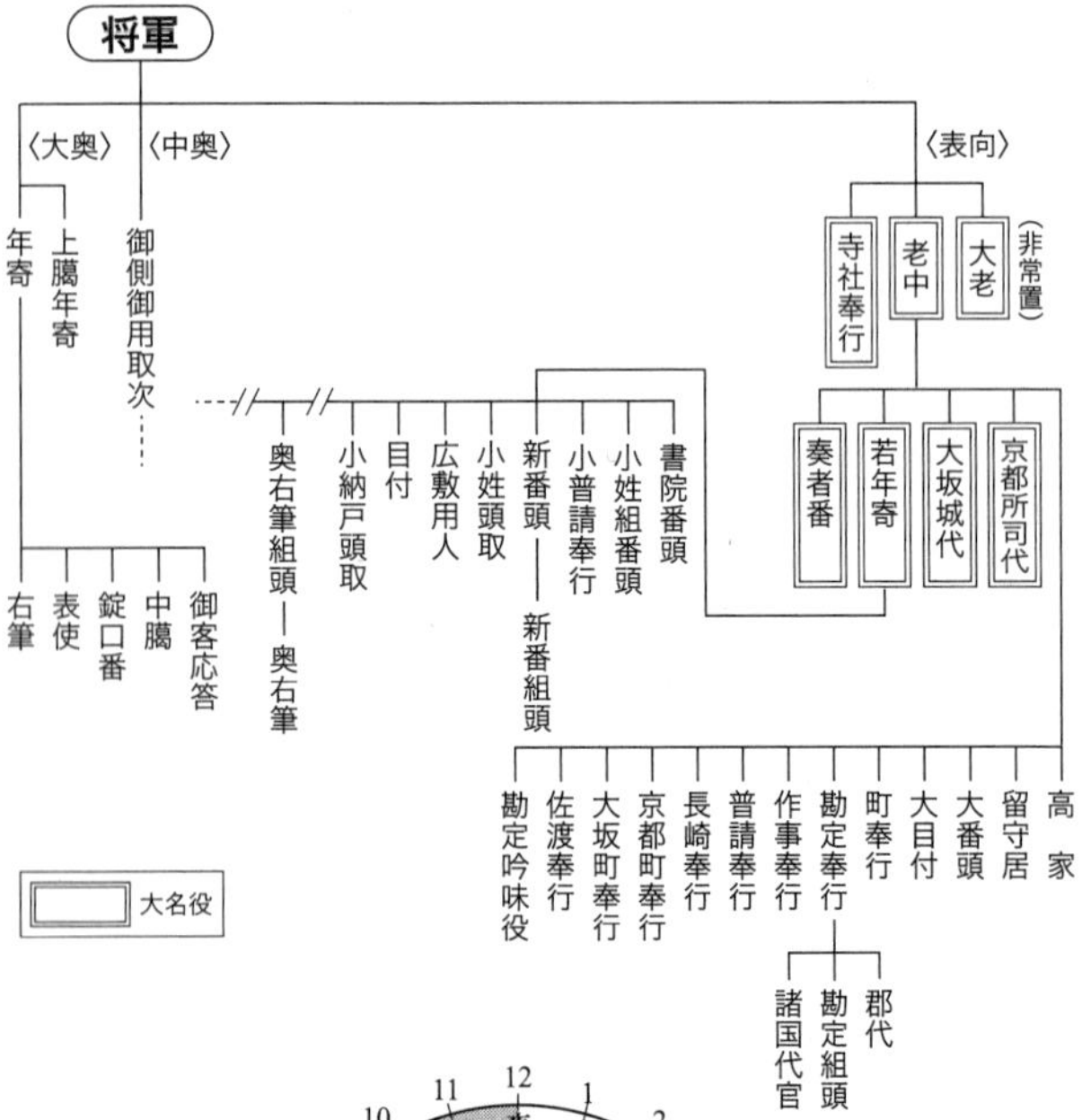

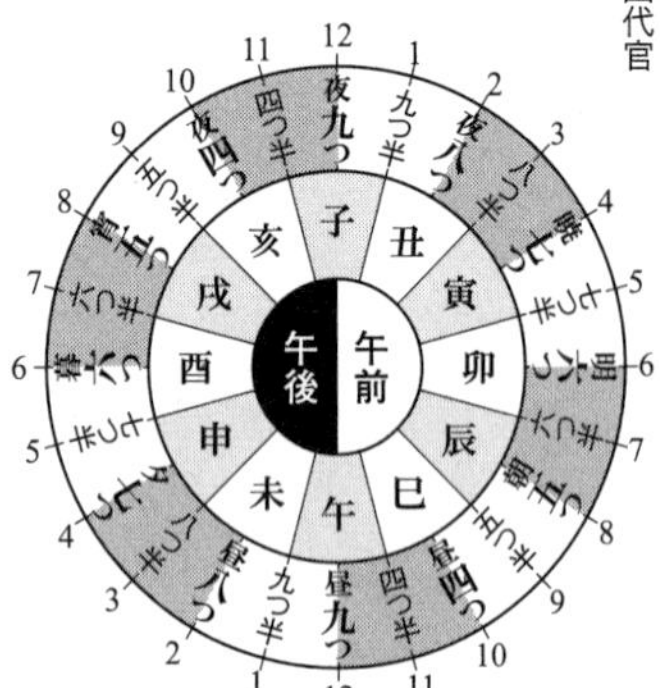

江戸の時刻(外の数字は現在の時刻)

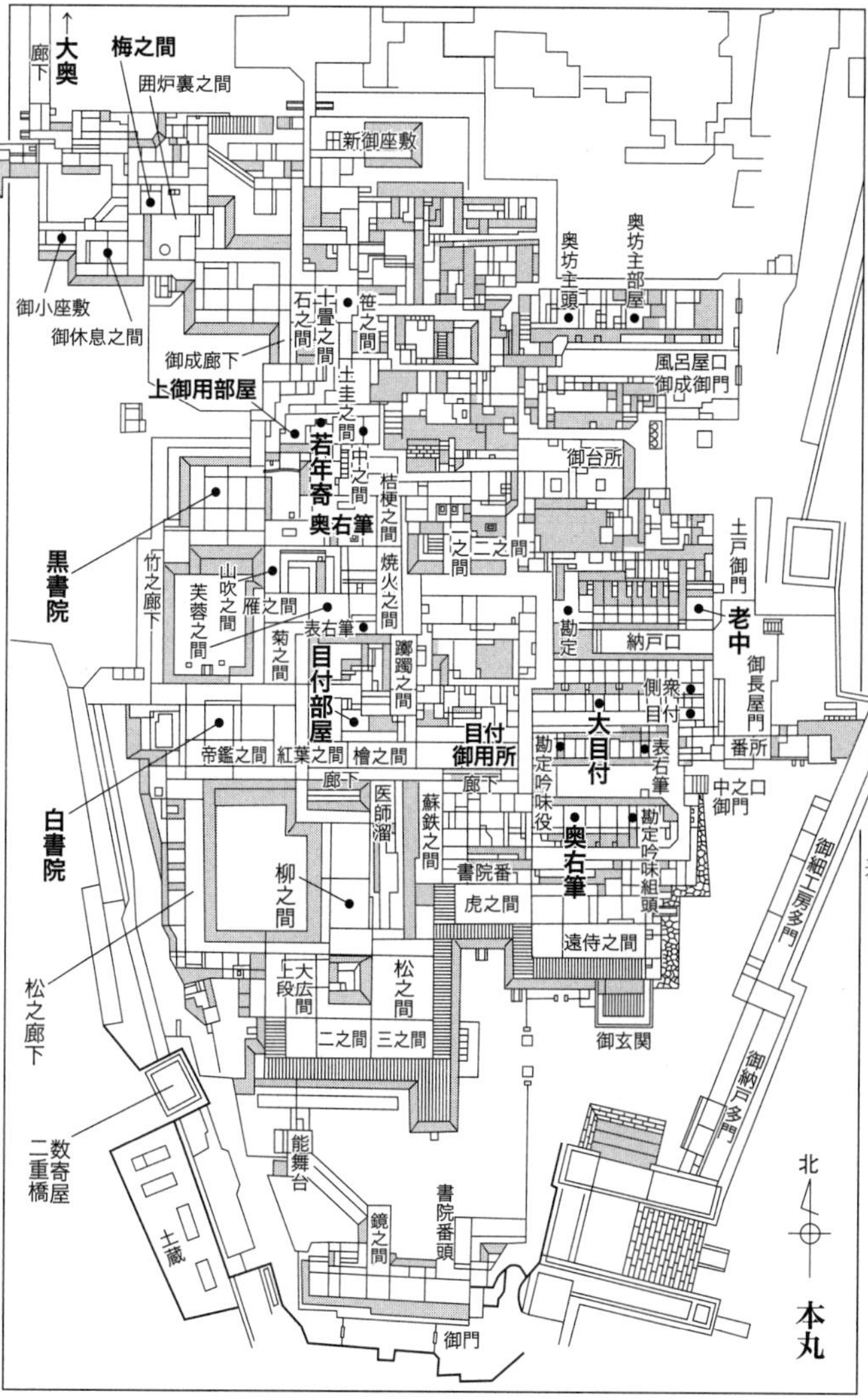

大奥
廊下
梅之間
囲炉裏之間
新御座敷
御小座敷
御休息之間
御成廊下
石之間
十畳之間
笹之間
奥坊主頭
奥坊主部屋
風呂屋口
御成御門
中奥
上御用部屋
土圭之間
若年寄
中之間
奥右筆
桔梗之間
御台所
黒書院
竹之廊下
山吹之間
芙蓉之間
雁之間
表右筆
焼火之間
一之間
二之間
土戸御門
勘定
納戸口
老中
菊之間
目付部屋
躑躅之間
側衆
目付
御長屋門
大目付
番所
白書院
帝鑑之間
紅葉之間
檜之間
目付御用所
勘定吟味役
表右筆
中之口御門
廊下
医師溜
蘇鉄之間
奥右筆
勘定吟味組頭
表
書院番
御細工所多門
柳之間
虎之間
遠侍之間
松之廊下
上段
大広間
松之間
二之間
三之間
御玄関
二重橋
数寄屋
能舞台
御納戸多門
北
土蔵
鏡之間
書院番頭
御門
本丸

尾張徳川家上屋敷
市谷
早稲田村
江戸川
音羽
護国寺
至板橋宿
江戸川橋
大塚
巣鴨
御納戸町
赤城明神
石切橋
若宮八幡宮
神楽坂
切支丹坂
御薬園
中山道
日光御成街道
小日向馬場
牛込御留守居町
牛込御門
番町
傳通院
小石川
白山
神明宮
駒込
田安御門
水戸徳川家上屋敷
小石川御門
入江無手斎道場
清水御門
春日町
水道橋
千駄木
水城聡四郎の屋敷
神田川
御弓町
本郷
加賀前田家上屋敷
竹町
道灌山
下谷茅町（柳沢家中屋敷）
根津権現
日暮里
霊雲寺
池之端七軒町
神田明神
不忍池
湯島天神
忍ヶ岡
鍛冶町
昌平橋
昌平坂
明神下
池之端仲町
弁天
仁王門前町
東叡山寛永寺
根岸
谷中
筋違御門
外神田
下谷広小路
内神田
和泉橋
佐久間河岸
神田佐久間町
下谷金杉町
御徒町
豊島町
新シ橋
向柳原
下谷山崎町
通油町
通塩町
柳原土手
左衛門河岸
三味線堀
広徳寺
下谷竜泉寺町
幡随院
同朋町
横山町
広小路
両国
浅草橋
茅町
猿屋町
甚内橋
元鳥越町
米沢町
薬研堀
阿部川町
新吉原
両国橋
柳橋
御蔵前片町代地
新堀川
日本堤
水戸家石揚場
大川
首尾の松
旅籠町
東本願寺
小塚原
日光道中
一ツ目之橋
回向院
御米蔵
御蔵前
御蔵前通り
浅草寺
浅草広小路
奥山
浅草
山谷町
御竹蔵
御厩河岸之渡し
駒形町
雷門
浅草観音
新鳥越橋
山谷堀
揚場
二ツ目之橋
駒形堂
浅草
花川戸町
緑町
南割下水
本所
竹町之渡し
吾妻橋
今戸橋
今戸町
白鬚之渡し
竪川
源森橋
三囲稲荷
向島墨堤
北割下水
源森川
小梅村
長命寺
木母寺
三ツ目之橋
北辻橋
大横川
法恩寺橋
寺島村
新辻橋
業平橋
亀戸村
小梅村
四ツ目之橋
押上村
天神橋
十間川
柳島村
亀戸天神

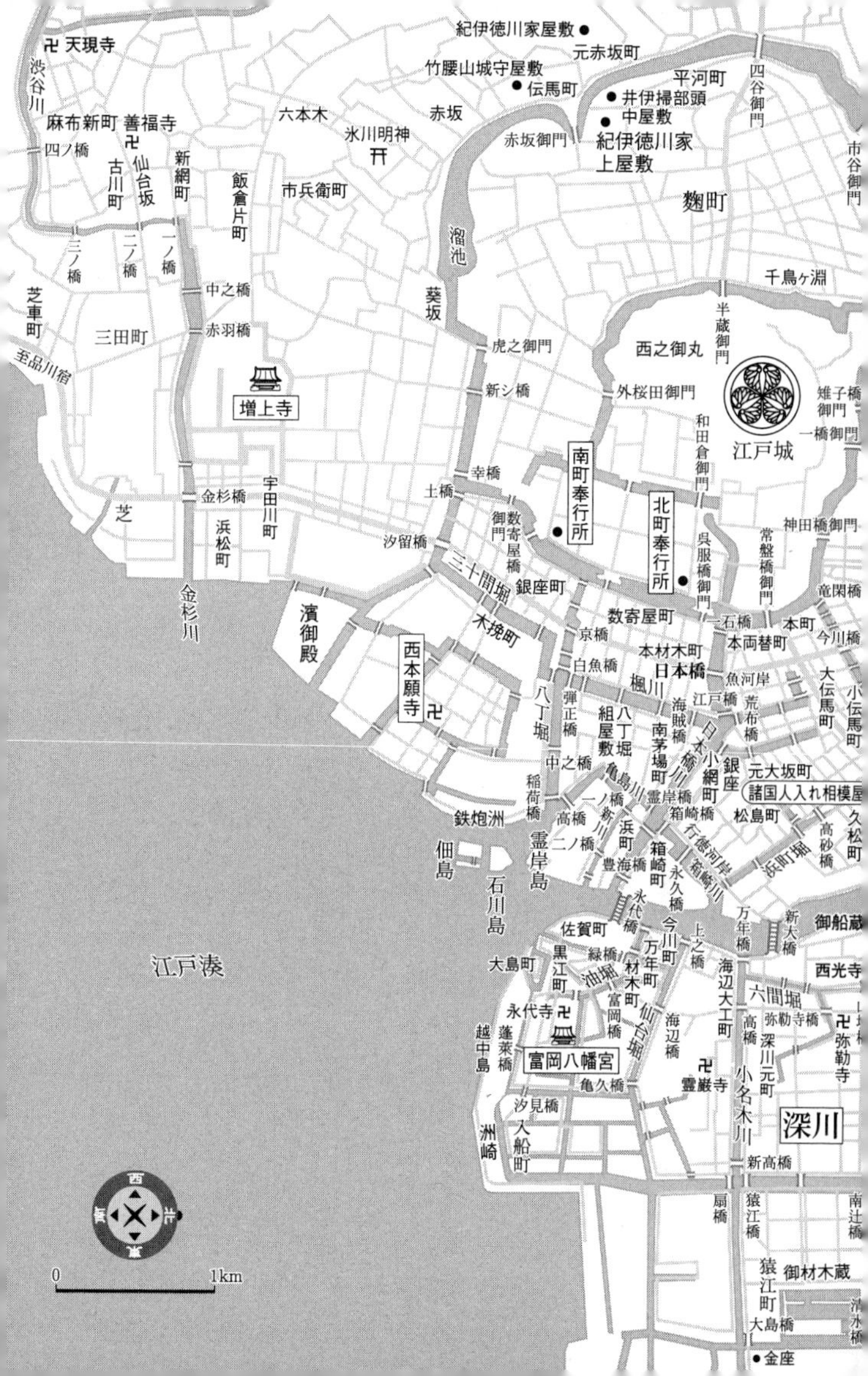
紀伊徳川家屋敷
天現寺
元赤坂町
竹腰山城守屋敷
伝馬町
平河町
四谷御門
渋谷川
井伊掃部頭
中屋敷
六本木
赤坂
麻布新町
善福寺
氷川明神
赤坂御門
紀伊徳川家
上屋敷
市谷御門
四ノ橋
古川町
仙台坂
新網町
飯倉片町
市兵衛町
麹町
溜池
三ノ橋
二ノ橋
一ノ橋
中之橋
千鳥ヶ淵
芝車町
葵坂
半蔵御門
赤羽橋
三田町
虎之御門
西之御丸
至品川宿
新シ橋
外桜田御門
雉子橋御門
増上寺
和田倉御門
一橋御門
江戸城
南町奉行所
幸橋
宇田川町
土橋
北町奉行所
金杉橋
芝
数寄屋橋御門
浜松町
汐留橋
神田橋御門
呉服橋御門
常盤橋御門
三十間堀
銀座町
竜閑橋
金杉川
濱御殿
数寄屋町
一石橋
本町
木挽町
京橋
今川橋
本両替町
本材木町
西本願寺
白魚橋
日本橋
大伝馬町
魚河岸
楓川
八丁堀
弾正橋
組屋敷
八丁堀
海賊橋
江戸橋
荒布橋
小伝馬町
日本橋川
南茅場町
小網町
銀座
元大坂町
中之橋
亀島川
霊岸橋
諸国人入れ相模屋
稲荷橋
一ノ橋
箱崎橋
松島町
久松町
新川
高橋
鉄炮洲
行徳河岸
高砂橋
佃島
霊岸島
二ノ橋
浜町
箱崎町
豊海橋
浜町堀
永久橋
石川島
箱崎川
永代橋
万年橋
新大橋
御船蔵
佐賀町
今川町
上之橋
黒江町
緑橋
万年町
大島町
油堀
材木町
海辺大工町
西光寺
江戸湊
六間堀
富岡橋
永代寺
仙台堀
海辺橋
高橋
弥勒寺橋
弥勒寺
深川元町
越中島
蓬莱橋
富岡八幡宮
霊巌寺
亀久橋
小名木川
汐見橋
深川
洲崎
入船町
新高橋
西
北
東
南
扇橋
猿江橋
南辻橋
0
1km
猿江町
御材木蔵
清水橋
大島橋
金座

主な登場人物

水城聡四郎《みずきそうしろう》……道中奉行副役。一放流の遣い手。将軍吉宗直々の命で、大宮玄馬とともに諸国を回り、また、剣術の師匠・入江無手斎から言われ、諸国の道場も見て回った。

水城　紅《あかね》……水城聡四郎の妻。元は口入れ屋相模屋の娘。聡四郎に嫁ぐにあたり、吉宗の養女となる。聡四郎との間に娘・紬《つむぎ》をもうける。

大宮玄馬《おおみやげんば》……水城家の筆頭家士。元は、一放流の入江道場で聡四郎の弟弟子。

入江無手斎《いりえむてさい》……一放流の達人で、聡四郎と玄馬の剣術の師匠。

袖吉《そできち》……紅の実家である人入れ屋「相模屋」の職人頭。

播磨麻兵衛《はりまおへえ》……もとは伊賀の郷忍。すでに現役を退いて隠居、後進の指導にあたっていた。聡四郎と旅先で出会い、聡四郎の助をすることに。

山路兵弥《やまじひょうや》……もとは伊賀の郷忍。すでに現役を退いて隠居。播磨麻兵衛とともに、聡四郎と旅先で出会い、助をすることになる。

加納遠江守久通《かのうとおとうみのかみひさみち》……御側御用取次。紀州から吉宗について江戸へ来る。聡四郎とともに、将軍吉宗を支える。

徳川吉宗《とくがわよしむね》…………徳川幕府第八代将軍。紅を養女にしたことから聡四郎にとって義理の父にあたる。聡四郎に諸国を回らせ、世の中を学ばせる。

村垣源左衛門《むらがきげんざえもん》…………御庭之者の御休息の間番。将軍吉宗によって、紀州家から幕臣に取り立てられ、吉宗の手足となる。

阪崎左兵衛尉《さかざきさひょうえのじょう》……目付。

澤司現三郎《さわじげんざぶろう》…………奥右筆組頭。

二戸稲大夫《にへとうだゆう》…………奥右筆組頭。

戸田山城守忠真《とだやましろのかみただざね》…老中。

遠藤湖夕《えんどうこゆう》…………御広敷伊賀者組頭。藤川義右衛門の脱退で、将軍吉宗によって、山里伊賀者組頭から御広敷に抜擢される。

藤川義右衛門《ふじかわぎえもん》…………もと御広敷伊賀者組頭。聡四郎との確執から敵に回り、江戸の闇を次々に手に入れていった。

鞘蔵《さやぞう》…………藤川義右衛門の配下。藤川義右衛門の誘いに乗って、御広敷伊賀者を抜けた。

惣目付臨検　仕《つかまつ》る

術策

第一章　小波大波

一

目付《めつけ》の詰め所である部屋は、執政《しっせい》たちの執務部屋である御用部屋より、出入りに厳しい。

監察という役目上、他聞をはばかるものがあるからだ。

また、目付は同僚も監察するため、あまり話もしない。普段の目付部屋は、森のなかのように静謐《せいひつ》であった。

その目付部屋が朝から喧噪《けんそう》に包まれていた。

「公方《くぼう》さまはなにをお考えか」

「大目付《おおめつけ》が形骸《けいがい》となって久しいというに、今さら惣目付《そうめつけ》の復活など」

目付たちが顔をつきあわせて話をしていた。

八代将軍徳川吉宗《とくがわよしむね》が、水城聡四郎《みずきそうしろう》を抜擢《ばってき》、あらゆるものを監察できる惣目付に任じたことが、目付部屋の騒動を生み出していた。

「すべてということは、我ら目付もだの」

「そうなる。いや、我らどころではなかろう。水城の経歴を確認したが……とんでもないぞ」

目付の一人が、集まっている他の目付に語りかけた。

「どうだというのだ。阪崎《さかざき》」

歳嵩《としかさ》の目付が、言った目付に問うた。

「初役が勘定吟味役《かんじょうぎんみやく》、次が御広敷用人《おひろしきようにん》、そして道中奉行副役《そえやく》だ」

「むっ。金と女と遠国《おんごく》……御上《おかみ》の面倒ごとのすべて」

「しかも、すべて監察ではないか」

「このような経歴の者、我らのなかにもおらぬ」

目付たちが一層ざわついた。

「まさか。最初から水城を目付の上に置くために、公方さまはこのような役を歴任させた……」

「いや、それはない」

阪崎が首を左右に振った。

「御広敷用人からはまちがいないが、勘定吟味役については違う。水城が勘定吟味役になったのは、六代将軍家宣《いえのぶ》さまの御世で、どうやら新井白石《あらいはくせき》の引きらしい」

「新井白石……あの儒学馬鹿か」

出た名前に歳嵩の目付が苦い顔をした。

「時任《ときとう》どの、なにかござったので」

その表情に別の目付が問うた。

時任と呼ばれた歳嵩の目付は、目付の最古参であった。

「六代さまのご寵愛《ちょうあい》をよいことに、この余人の入れぬ目付部屋にも堂々と足を踏み入れ、我らを家臣のように使おうといたしおった」

「目付部屋に入った……」

聞いた目付が驚愕《きょうがく》した。

目付という役目はその職務上、他職、他者と触れあわない。

「長らくのご厚誼《こうぎ》に感謝をいたしまする。このたび監察のお役目を命じられましたので、今後のお付き合いは無用とさせていただきたく」

「血縁といえども出入りはご遠慮願う。婚姻、葬儀、法事のこともお報せいただかずとも結構」

目付に就任することが決まった者は、友人、親戚だけでなく、親子の縁まで切った。

別段、幕府がそう規定しているわけではないが、情実に流されはしないという決意をもって目付の職務にあたるという宣言、これをする慣習があった。

それだけ厳しい目付である。他の者が目付部屋に出入りするなど論外であり、先ほどの決意を無にする暴挙に近い。

「白石どのにご注意をいただきたく」

家宣の権威を背にしての行為なのだ。その後ろ盾から制してもらえば、いかに傲《ごう》岸《がん》な新井白石といえども、従わざるを得ない。

しかし、その手段を目付たちはとらなかった。

「たかが儒学者一人、独力で排除できない」

そう思われれば、目付の鼎《かなえ》の軽重《けいちょう》が問われるからであった。

旗本《はたもと》、大名はおろか、老中《ろうじゅう》や大奥《おおおく》までも監察できる目付が、新井白石には負けた。なんだ、目付といったところでたいしたものではないな。もし、目付が家宣に泣きついていれば、まちがいなくそうなる。

「儒学者一人排除できない目付どのが、何用かの」

「老中が儒学者よりも易いと申すか」

そうなってしまえば、もう監察はできなくなる。

「出入りなさるな」

「ここは目付しか入れませぬぞ」

新井白石が来るたびに苦情を言うだけしかできなかった。

「目付に逆らうか」

新井白石を咎《とが》め立てることはできる。

「呼び出しがあるまで、屋敷にて身を慎んでおれ」

目付には基本として咎めだけしか許されておらず、旗本の罪は評定所《ひょうじょうしょ》で決定される。よって目付にできるのは、新井白石を禁足《きんそく》にするだけで、罷免《ひめん》や改易《かいえき》は評定所あるいは、将軍家の判断になる。

「白石先生はどうなさった」

家宣から儒学の師として尊敬を受けている新井白石である。その姿が城中から消えれば、すぐに家宣が気づく。

「目付から……」

将軍からの問い合わせを無視する、あるいは偽りでごまかすことはできなかった。すぐに事情が家宣のもとへ伝えられる。

「目付部屋に入ったことで禁足を命じられておるか。やれ、先生らしい」

家宣は苦笑するだけで、決して新井白石を咎め立てることはない。五代将軍綱吉《つなよし》によって乱れた幕政を改革したいと考えている家宣にとって、新井白石は頭脳であり、手足なのだ。

「目付部屋に入らねばならぬ理由があったのであろう。なれば、白石先生に目付部屋への出入りを許すことにいたそう」

新井白石を信頼している家宣なら、そう言い出しかねない。

こうなれば目付の聖域はなくなる。

最初は新井白石だけの特例であっても、それは前例になる。

「某《なにがし》に目付部屋出入りを許す」

将軍が寵臣にその資格を与えようとしたとき、

「それはお避けくださいますよう」

「なぜじゃ、新井白石の折りには認めたであろうが」

目付の反対は、その一言で崩れる。

「あれは六代さまの……」

「ほう、躬《み》よりも六代さまのほうが上だと申すのだな」

特例だとして逃げようとしたところで、こう言われてしまえば、そこまでであった。認めれば、当代の将軍を軽視したことになる。

「目付が公方さまを……」

幕府の権威を守る目付が、将軍に軽重を付けた。目付の崩壊になる。

結果、目付は新井白石を無視するしかできなかった。

そのときの無念を時任は忘れていなかった。

「…………」

時任の話を聞いた目付たちが黙った。

「同じことが起こるな」

阪崎が呟《つぶや》くように言った。

「水城が、我が物顔で目付部屋を出入りする」

苦虫《にがむし》をかみつぶしたような顔を時任がした。

「待たれよ、阪崎氏《うじ》」

先日、目付に加わったばかりの旗本が手をあげた。

「いかがいたした、五藤氏《いつふじ》」

阪崎が顔を向けた。

「そもそも惣目付の詰め所はどこになるのでござろう。目付部屋であれば、足を踏み入れるという問題ではなくなりまするぞ」

「むっ」

五藤の言葉に、阪崎が唸った。

「まさか、惣目付は目付の組頭《くみがしら》ではなかろうな」

時任が表情を険しいものにした。

「我らを配下として指揮すると」

阪崎が顔色を変えた。

「……我らは上を持たずであるぞ」

時任が冗談ではないと口にした。

目付は古参、新参、身分、禄高、それ以外のものを含めて、一切の上下を認めていなかった。

十年目付をやった練達《れんたつ》と今日任じられたばかりの未熟者の間に差がない。これも互いを監視しあう目付という役目柄であった。

目付には組頭というものがなく、他職との交渉や令、法度《はっと》の類いの連絡などを受け取る雑用係として当番目付はいるが、これは持ち回りであり、一カ月の間決して他の目付へ指示を出すことはできなかった。

「それだけは認められぬ」

阪崎も反対した。

「落ち着かれよ。まだ惣目付が目付の頭との通達はない。なにより惣目付は大目付の前名じゃ。大目付に準ずると考えるべきであろう」

時任が、惣目付と目付は違うとなだめた。

「水城の禄はいくらでござったか」

ふと思い出したように、誰かが口にした。

「水城の石高は千石《ごく》だ。先日加増された」

「千石……我らとひとしいではないか」

同じ役高だと格式も近い。目付部屋に惣目付が入ることもあり得た。

「目付と同じではなかろう。惣目付の役高をご存じのお方は」

「千五百だ」

「我らより上席か」

阪崎が眉間にしわを寄せた。役高の差はしっかり格式の差として出た。

「目付は惣目付も監察する。そこは気にせずともよかろう」

時任がなだめた。

「だが、支配はどうなる」

五藤が誰にともなく、問うた。

目付は十人しかいない。当たり前ながら十人で大名、旗本を監察し、城中の平穏を維持し、江戸城下の火事場見廻りまでするのは難しい。そのため、目付には、徒《かち》目付、小人《こびと》目付、黒鍬者《くろくわもの》が配下として付けられていた。

「惣目付も、徒目付たちを指揮できるのか。もし、同時に命を下したときは、どちらが優先されるのだ」

「……わからん」

阪崎が力なく、首を左右に振った。

「惣目付が動き出すまで詳細は不明だ。なにせ、相手は公方さまだ。我らへの相談などあるはずもない」

目付には法度が的確かどうかの確認をする権利がある。そのため老中でも法度を公布する前に目付へ確認をしてくる。

「いかがかと思いまする」

目付が了承しなければ、その法度は廃棄されるか、変更された。

しかし、それは同じ幕臣同士だからであり、将軍が家臣に相談をすることはあっても、決定したものを家臣が拒むことはできなかった。

「だからといって、このまま手をこまねいているわけにはいくまい」

時任が険しい表情を浮かべた。

「やれることをするしかないか」

小さく阪崎がため息を吐《つ》いた。

「配下どもを締め付けるべきだな」

五藤が告げた。

「では、徒目付どもに、惣目付への手伝いを禁じるとしよう」

「だな。手足となる者がいなければ、惣目付など案山子《かかし》だ」

時任と阪崎も同意した。

二

惣目付に任じられたとはいえ、水城聡四郎は手持ち無沙汰であった。

なにせ城中での控えの間すら決まっていないのだ。だからといって、一日城中をうろうろしたり、適当な座敷に入りこんだり、廊下でたたずんでいるわけにもいかない。どれも禁じられている行為であり、場合によっては目付に糾弾されてしまう。

「惣目付が目付に怒られるなぞ、なんだ、その絵面《えづら》は」

思わず聡四郎は苦笑した。

「仕方ございませんな」

聡四郎の愚痴に応じたのは、御広敷伊賀者《いがもの》組頭の遠藤湖夕《えんどうこゆう》であった。行き場所がないからといって、登城しないわけにはいかない。やむにやまれず、聡四郎は御広敷用人のときに、配下として付けられた御広敷伊賀者の番所に来ていた。

「なにをすればいいと思う」

聡四郎は遠藤湖夕に訊いた。

「わたくしに訊かれても困りまする。我らは大奥の警固《けいご》を任としておりますれば」

遠藤湖夕が首を左右に振った。

「隠密御用は減ったか」

すっと聡四郎の目が細くなった。

「ほとんどございませぬ。今も続いている隠密御用は、草《くさ》どもとの連絡《つなぎ》くらいでございましょうか」

草とはその地に根付き、何代にもわたって潜む隠密のことをいう。城下町で商家を営んでいる者もいるが、なかにはそこの藩に仕え、重臣となった者までいた。

「庭之者《にわのもの》だな」

「…………」

確認するような聡四郎に、遠藤湖夕は返事をしなかった。

「ところで、伊賀者組に手空《てす》きの者はおらぬか」

「手空きでございますか……」

遠藤湖夕が聡四郎の言葉に戸惑った。

「お役目で出ていない者でございましたら、さほど多いわけではございませぬが、数人ならば」

「そうではない。いきどころのない者はおるかと問うているのだ」

「いきどころのない……」

まだわからないと遠藤湖夕が首をかしげた。

「このたびご加恩《かおん》をいただいた」

「存じあげておりまする」

遠藤湖夕が知っていると答えた。

「軍役に合わせなければならぬのでな。人を探しておる」

聡四郎が告げた。

軍役とは、戦《いくさ》のときに出さなければならない戦力のことだ。石高に応じて決まっており、かつての七百石だと当主を含めて侍三人、足軽《あしがる》一人、鎧櫃《よろいびつ》持ち、馬の轡《くつわ》取り、草履《ぞうり》取り、槍持ち各二人ずつであった。それが千石に増えた。さらに惣目付として一千五百石高になる。役高に合わせるのは惣目付の公布がなされてからでもよいが、とりあえず侍を一人と足軽を二人、小者《こもの》を一人増やさなければならない。

「さすがに惣目付が軍役を満たしておらぬのはまずかろう」

戦国は遠くなり、百年から戦は起こっていない。軍役もだんだんと緩められ、定数に満たなくとも、見て見ぬ振りをしてもらえる。あまりに酷いと注意くらいはされるが、よほどのことでもなければまず咎められずにすんだ。

「まさか……」

遠藤湖夕の目が大きく見開かれた。

「次男、三男などで、厄介者《やっかいもの》扱いをされている者を二人ほど欲しい。悪いが身分は足軽であり、禄は二十石しか出せぬ」

三百石の加増は軍役の増加だけではすまなかった。格式に応じた身形《みなり》や付き合いをしなければならず、増えたぶんをすべて禄に回すわけにはいかなかった。

「二十石も……」

遠藤湖夕が一層の驚きを見せた。

御広敷伊賀者は三十俵《ぴょう》二人扶持《ぶち》から五人扶持になる。幕府の一俵は一石に値するので、二十石は二十俵となり、伊賀者としての最低より少ないが、一期半期の武家奉公である若党《わかとう》が三両一人扶持、およそ八石であることを思えば多かった。

そもそも貧しい御家人《ごけにん》である御広敷伊賀者の家に生まれた次男以降は、悲惨でしかなかった。家は兄が継ぐため、養子にでもいかないかぎりは、生涯実家で使用人として妻もめとれず、老いていくことになる。身分を捨てて、町人として奉公に出ることもできるが、なかなかそれも難しい。

そんな状況で足軽とはいえ、両刀を差せる身分で生活するに困らないだけの禄がもらえる。まさに夢物語であった。

「なぜ伊賀者を……」

足軽でも仕官できるなら、人外化生《じんがいけしょう》の者と蔑《さげす》まれる伊賀者をわざわざ選ばなくても、いくらでも人は集まる。

「忍《しのび》の強さを知っているからな」

遠藤湖夕の疑問に聡四郎が述べた。

紀州《きしゅう》から将軍となって江戸へ移るとき、吉宗は選《よ》りすぐった側近を連れてきた。そのなかに玉込《たまこ》め役《やく》という紀州藩の忍がいた。

もともとは戦場で藩主の使用する鉄炮《てっぽう》の用意をする役目の玉込め役は、そのじつ陰の警固役であった。

本陣まで敵が迫ったとき、藩主を無事に逃がすのが、玉込め役の真の役目であった。そのため、玉込め役は身体と技を鍛えてきた。その玉込め役を吉宗は江戸城へ伴い、庭之者と名前を変えて隠密とした。

信頼できる者を耳目《じもく》にするのは当然である。

ましてや、吉宗は幕政改革を悲願としている。どのように始めればいいか、どのような影響が出ているか、そういったことを正確に知らなければ、改革はおこなえない。

なにせ改革というのは、従来のやりかたを崩すことでもある。当然、今まで享《きょう》楽《らく》を甘受《かんじゅ》してきた者にとって、改革は邪魔になる。

「なんとかして、改革を潰さなければ」

「改革を骨抜きに」

都合の悪い者はなんとかして抵抗しようとする。

そのときもっとも楽で確かなのが、吉宗に実際の話を伝えないことであった。

「改革はうまくいっておりまする」

「いささか、性急すぎるようで、庶民どもが苦労いたしておりまする」

実際と違う話を吉宗に聞かせれば、そこで判断が狂う。

そうなれば改革は失敗になった。

「老中どもに使われることに慣れ、走狗《そうく》となった伊賀者に探索は任せられぬ」

吉宗は伊賀者を使わず、庭之者を頼った。

「我らをないがしろにするか。隠密御用は神君家康《しんくんいえやす》公以来、伊賀者の役目である」

御広敷伊賀者は吉宗のやりかたに反発した。

そんなものを吉宗は気にしなかった。

「ならば、目にもの見せてくれるわ」

怒った当時の御広敷伊賀者組頭藤川義右衛門《ふじかわぎえもん》は、吉宗の手の者として大奥を監督する御広敷用人となった聡四郎を襲った。

結果は、藤川義右衛門の放逐《ほうちく》、伊賀組の人員入れ替えと惨敗し、その後吉宗によって、伊賀組は聡四郎の配下とされた。

しかし、放逐された藤川義右衛門は吉宗と聡四郎を恨み、襲い続けている。一度は娘紬《つむぎ》を奪われるところまでいっていた。

「また藤川は来ると」

聡四郎の発言に、遠藤湖夕が尋ねた。

「あきらめると思っているのか。ならば、先ほどの話はなしだ。吾《われ》の目が曇っていたことを反省しよう」

あきれた顔を聡四郎は見せた。

「失礼をいたしましてございまする」

遠藤湖夕が詫びた。

「…………」

伊賀者のなかでも冷遇されていた山里郭《やまざとぐるわ》伊賀者から、藤川義右衛門の代わりに遠藤湖夕は抜擢されている。

「藤川の行方はどうなっておる」

「申しわけなき仕儀《しぎ》ながら……名古屋に埋伏《まいふく》しているようではございますが、そこから先はまだ」

聡四郎、大宮玄馬《おおみやげんば》、入江無手斎《いりえむてさい》を罠《わな》にはめた藤川義右衛門は、その足で江戸から逃げ出している。もっとも、その足跡は、しっかりと御広敷伊賀者によって追いかけられ、あるていどのところまで判明していた。

「名古屋は難しかろう」

「さすがに御三家さまを露骨に探るわけにも参りませず」

聡四郎の言うとおりだと遠藤湖夕が首肯《しゅこう》した。

名古屋は徳川家の一門、御三家尾張《おわり》徳川家の城下町である。八代将軍の座は紀州家に譲ったが、御三家筆頭の格は重く、老中といえども遠慮しなければならなかった。

いかに幕府の伊賀組だとはいえ、あまり派手なまねを名古屋でするわけにはいかなかった。

「そういうわけだ。忍の相手は忍に任せるのがよかろう」

「承知いたしましてございまする。では、わたくしのほうで選び、水城さまのもとへ向かわせまする」

「頼んだ」

引き受けた遠藤湖夕に、聡四郎は人選を預けた。

御広敷伊賀者の番所にいつまでもいるわけにもいかない。用件をすませたところで、聡四郎は御広敷を出た。

「さて……」

いてもすることはない。

「太田《おおた》どののもとへ顔を出してみるとしよう」

かつて勘定吟味役をしていたときに、聡四郎の下僚《かりよう》として付いてくれたのが、吟味方改《あらためやく》役の太田彦左衛門《ひこざえもん》であった。剣術しか学んでこなかった聡四郎に、勘定のことだけでなく、役人の裏側なども教えてくれた太田彦左衛門は、まさに師と言えた。

惣目付という役目柄、城中に詰めていなければならないという制約はない。

聡四郎はそのまま下城した。

三

太田彦左衛門の家は御家人で、代々勘定方を役目としてきた。役目にある間は御《お》目見得《めみえ》格を与えられる、いわゆる役方《やくかた》で、筋目からいけば聡四郎と同じになる。

「何年ぶりになるか」

太田彦左衛門の屋敷へ向かいながら、聡四郎は呟いた。

「あれが寄合《よりあい》旗本四千石津軽《つがる》公の屋敷……となると、この辺りのはずだが……」

本所林町《ほんじょはやしちょう》で聡四郎は辺りを見回した。

幕臣《ばくしん》は表札を出さない。訪れる場合は、あらかじめ詳しい場所を聞いておくか、あるいは近くまで行って、誰かに問うかしかなかった。

「津軽家の者に尋ねるわけにもいかぬな」

あと少しで大名になれるという寄合旗本の矜持《きょうじ》は高い。とても御目見得できるかできないかといった小旗本の住居を知っているとは思えなかった。

「釜の穴塞《ふさ》ぎ、鋳物《いもの》修理でござい」

聡四郎の耳に、のんびりした声と金気《かなけ》をぶつけ合う音が聞こえた。

「ちょうどよい。すまぬ、鋳物師どの」

聡四郎は鍋に目を落としている鋳物屋に声をかけた。

「へい。接《つ》ぎの御用……」

目をあげた鋳物屋が、聡四郎に気づいて驚いた。

「手を止めてすまぬが、このあたりに太田どののお屋敷はなかったかの」

聡四郎は尋ねた。

「太田さまで……」

「津軽公の屋敷近くだと思うのだ」

「ならば、あそこでございましょうか」

鋳物屋が槌《つち》の柄で地面に行き道を描いてくれた。

「助かった」

一礼して、聡四郎は鋳物屋を後にした。

「……ここか」

鋳物屋から教わった屋敷の前に聡四郎は立った。

「御免」

聡四郎は潜《くぐ》り門を叩いた。

「……へい」

少しして、なかから小者の返答があった。

「拙者、水城聡四郎と申す。太田彦左衛門どののお屋敷はこちらでござろうか」

「太田彦左衛門さま……ご先代さまでしたら、こちらにおられませぬが」

聡四郎の問いかけに潜り門から顔を出した小者が怪訝《けげん》そうに首を横に振った。

「ご先代……吟味方改役をなさっていた太田どののことでよろしいか」

「さようで。二年前に御役を退かれまして、家督《かとく》を譲られましてご隠居をなさいました」

「ご隠居……こちらにおられぬとのことか」

武家の隠居はそのほとんどが屋敷内の離れか奥座敷で生活をする。聡四郎が首をかしげた。

「すぐのところにお移りになられまして」

「教えていただきたい」

「失礼とは存じまするが……」

小者が疑わしそうな目で聡四郎を見た。

「ああ。拙者は太田どのが吟味方改役を務めておられたとき、勘定吟味役をいたしておった」

「勘定吟味役さま……」

聡四郎の語りを聞いた小者が驚愕した。

「では、先代さまの上役さまで」

「かつてのだがな」

驚く小者に聡四郎が笑った。

「しばし、お待ちを」

あわてて小者が引っこんだ。

「家を教えてくれるだけでよいのだが……」

一人残された聡四郎が嘆息《たんそく》した。

「お待たせをいたしましてございまする」

ようやく二十歳をこえたばかりと見える若い丸髷《まるまげ》の女が小者に連れられて現れた。

「当家の主太田彦三郎《ひこさぶろう》の妻、絵世《えよ》でございまする」

「太田彦三郎どの……ご当代か」

「はい。本日は義父《ちち》に御用でも」

認めた絵世が訊いた。

「いや、久しぶりにこの辺りに来たものでな。つい懐かしくなってお邪魔した次第でござる」

「さようでございましたか。失礼とは存じまするが、水城さまは、今何役をお務めでございましょう」

露骨な質問を絵世がしてきた。

「惣目付でござる」

「まあ、お目付さまを」

絵世が聞きまちがえて、感心した。

「…………」

聡四郎はわざわざ訂正しなかった。詳細は太田彦左衛門に話せばいい。

「吾が夫は、今勘定方におりまする」

「お筋でござるな。それはなにより。ところで、ご隠居どのはいずこに」

無駄話はいい。聡四郎が急《せ》かした。

「義父は、本所花町《はなまち》にございます材木屋加平《かへい》の長屋に住まいいたしておりまする」

「町長屋にか」

聡四郎があきれた。武家が隠居を町長屋へ住まわせるなど、まずありえない話であり、放り出したと非難されても当然の行為であった。

「義父の望みでございまする」

さすがにむっとしたのか、絵世が言い返した。

「でござったか。では、これにて」

これ以上の用はないと聡四郎は頭も下げず、太田家を後にした。

「……まだ見ているな」

背中に目が付いていなければ、剣術遣いはやっていけない。ましてや、抜けた伊賀者に命を狙われ続けて生き延びてなどいられなかった。

聡四郎は絵世がじっと背中を見つめているのを感じていた。

「詳細は本人から話してもらおう」

二度と会うこともなかろうと聡四郎は絵世の目を無視した。


深川《ふかがわ》と本所は江戸の拡大に伴って、海を埋め立て開発された土地である。わずかずつ土地を区切って土を入れたこともあり、あちこちに水路が巡らされていた。

その水路を渡ってすぐに右へ折れた聡四郎は、道行く町人に加平長屋の場所を教えてもらい、壊れかけている長屋の木戸を潜った。

「御免。ここに太田彦左衛門どのがお住まいだと聞いたのだが」

入ってすぐの井戸端で話をしている女衆《おなごし》に聡四郎は辞《じ》を低くして問うた。

「ああ、先生のところならば、その奥から三軒目でござんすよ」

かつては粋筋《いきすじ》で鳴らした雰囲気を残した女が、伝法《でんぽう》な調子で教えてくれた。

「かたじけなし」

礼を述べて、聡四郎は太田彦左衛門の長屋へ訪《おとな》いを入れた。

「率爾《そつじ》ながら、太田彦左衛門どのがお屋敷であろうか」

「はい。しばし、お待ちを」

なかから落ち着いた老女の声が返ってきた。

「……太田でございまするが、どちらさまでございましょう」

長屋の戸障子を開けて、上品な老女が聡四郎に黙礼してから尋ねた。

「拙者水城聡四郎と申す。ご主人とはいささか面識がございまして……」

「水城さまですとっ」

奥から驚きの声が聞こえた。

「……おおう、水城さま」

転がるようにして、太田彦左衛門が出てきた。

「落ち着かれよ、太田どの」

かつてより老いた太田彦左衛門に、聡四郎は慌てて手を伸ばした。

「ご壮健《そうけん》のご様子、なによりと存じまする」

太田彦左衛門が泣きそうな顔で言った。

「いや、太田どのもお変わりなく」

聡四郎も合わせた。

「いえ、もう歳老いましてございまする」

太田彦左衛門が首を横に振った。

「旦那さま」

老女が、太田彦左衛門の袖を引いた。

「そうであった。あまりの懐かしさに夢中になってしまったわ。ささ、水城さま。陋屋《ろうおく》ではございますが、どうぞ」

太田彦左衛門が入ってくれと誘った。

「お邪魔をしよう」

喜んで聡四郎は太田彦左衛門の後に続いた。

「ご無沙汰を深くお詫びする」

座敷に案内された聡四郎は、まず音信を取らなかったことを詫びた。

「いえいえ、ご活躍の段、伺っております。奥方さまはいかがお過ごしでございましょうや」

太田彦左衛門は聡四郎と紅《あかね》の婚姻を知っているというか、その宴席に参加していた。

「子を産んだぞ」

「それはそれは……和子《わこ》さまでしょうか、姫さまでしょうか」

「女《おなご》じゃ。紬《つむぎ》と名付けた」

わくわくしながら尋ねてくる太田彦左衛門に聡四郎も微笑《ほほえ》んだ。

「……で、今は何役をお務めでしょうか」

久闊《きゆうかつ》を叙《じよ》し終わったところで、太田彦左衛門が訊いてきた。

「先日まで道中奉行副役であったが、一昨日に惣目付を命じられた」

「惣目付でございますか。それはまた古いものを」

太田彦左衛門が驚いた。

「勘定も大奥も遠国も、そして大名、旗本も監察せよとの御諚《ごじよう》であった」

「なんと……」

太田彦左衛門が権能の広さに息を呑んだ。

「ところが、惣目付は大目付の旧名復帰ではなく、まったく新しいお役目でな。まだ、何一つ決まっていない。ああ、すべてを監察するというのだけは、公方さまがお定めになられたが」

「下僚も」

「おらぬ。目付は無理でも徒目付、小人目付は使えるかもというところだな」

聡四郎が苦笑した。

「公方さまらしい」

太田彦左衛門が嘆息した。

「ご加増として、褒美の先渡しをされてもいる。断れぬ」

「失礼ながら……」

「千石だ」

「少ない」

聡四郎の答えに、太田彦左衛門が目を剝《む》いた。

「お目付の千石と同じではございませぬか。それでは、権能に比べて格が低すぎましょう」

太田彦左衛門が憤った。

格というのは、役人にとって大きい。格上の指示であれば、多少の不満は呑みこんで従うが、格下が権能で命じたことなど無視するということがまかり通る。

「せめて大目付と同じく五千石くらいはないと」

「五千石はやりすぎだろう」

聡四郎が首を横に振った。

「いえ、人というのは権威に弱いものでございまする。千石にたしなめられるのと五千石に叱られるのでは、大きく違って参りまする」

「それはわかるが」

聡四郎とて長年役人をしてきている。太田彦左衛門の言うことはわかっている。

「まだ表にはしにくいが、一応惣目付は一千五百石高だと内示を受けておる」

「一千五百石でも少のうございまする。せめて三千石はないと、目付衆を抑えられますまい」

太田彦左衛門が息を吐いた。

「そのあたりも公方さまはお考えなのだろうな」

目付の反発も吉宗は考慮に入れていると聡四郎はあきらめている。吉宗の名前を出して、聡四郎が話を締めくくった。

「ところで、太田どの。お屋敷に寄らせてもらったが……」

聡四郎が話題を変えた。

「会われましたか」

太田彦左衛門が苦い顔をした。

「伺わぬほうがよいならば……」

「いえ、お聞きいただきたく」

立ち入るなと言うならばと水を向けた聡四郎に、太田彦左衛門が聞いてくれと応じた。

「ご存じの通り、わたくしと亡き妻の間には娘が一人しかおりませなんだ」

太田彦左衛門には娘が一人いた。その娘に婿を取らず、嫁に出した太田家は、孫の一人を養子にして、家を継がせるつもりだった。しかし、やはり勘定筋だった娘婿は、勘定奉行荻原近江守重秀《おぎわらおうみのかみしげひで》の小判改鋳《かいちゅう》の不正を告発しようとしたため、罠《わな》に嵌《は》められて命を奪われた。そのことで衝撃を受けた娘も身体を壊して夫の後を追い、太田彦左衛門は一人子を亡くしていた。

「わたくし一代で潰してかまいませぬ」

荻原近江守への恨みでその失脚を目指した太田彦左衛門は、失うものなどもうないと、勘定吟味役だった聡四郎を支えてくれた。

「水城さまが勘定吟味役を辞められたのを機に、わたくしも役目を退かせていただいたのでございますが……親戚どもが太田家の家督をどうするつもりだとうるさく申して参りまして、最初は頑《がん》として受け入れておらなかったのでございますが……」

太田彦左衛門が小さく首を左右に振って続けた。

「まさに夜討ち朝駆けでございましたしな。親戚もそれぞれ己の家の厄介者《やっかいもの》を養子に出したいと、目の前で醜い争いをいたすありさま」

情けないと太田彦左衛門が嘆息した。

「まあ、わからんでもないのでございますが。なにせ、公方さまより、長年の精勤を愛《め》でるとして御加増をいただき、百九十俵となっておりました」

現将軍の吉宗から加増をされたとなれば、格も上がる。

「水城さまのおかげでございますな」

太田彦左衛門が頬を緩《ゆる》めた。

「そのこともありまして……ついには、わたくしを脅すようなまねをする者も出て参りましたし、組頭に賄《まいない》を送ってそちらから話をもってくるというまねをする者も……」

役目を辞めた者は、すべからく小普請組《こぶしんぐみ》に配されるのだが、その小普請の組頭には次の役目の斡旋《あっせん》をする権があることから、かなり力を持っていた。

「亡妻の実家にも迷惑がかかり始めたところで、さすがに……」

大きく太田彦左衛門が肩を落とした。

「それは、災難と申してよいのかどうか」

聡四郎も慰めようがなかった。武家は家を残すのが使命だと、生まれたときからたたき込まれている。太田彦左衛門が家を継がせる者がいないなら潰してしまえばいいと思っていることに意見をする気はないが、だからといって武士として家を残さなければならないという思いもある。

「お気になさいますな」

太田彦左衛門が困惑した聡四郎を気遣った。

「失礼ながら、こちらの……」

聡四郎は最初から気になっていた老女のことを訊いた。

「太田の家にずっと奉公してくれていた女中でございましてな。今さら奉公構《かま》いとなるのもあわれでございますし、わたくしもこの歳で一人暮らしは辛《つろ》うございますので、一緒にと引き取りましたもの」

太田彦左衛門が事情を語った。

「なるほど、ではあの彦三郎と言われた御仁は」

「わたくしの従弟《いとこ》の次男でございまする。もっともうるさかったやつでございますな」

太田彦左衛門が口の端を吊りあげた。

「よくぞ、そのような者に家を譲られた。拙者ならば、嫌がらせとばかりに、もっと遠縁でおとなしい者にくれてやりまするが」

聡四郎が思ったことを口にした。

「なに、条件を付けやすかったのでございまする。家を譲る代わり、加増いただいた二十俵分は、わたくしと女中、どちらかが生きている限り、こちらに寄こすことを約束させましたわ」

太田彦左衛門が楽しげに笑った。

「では、長屋住まいも」

「一緒に住んでいれば、嫌な顔を見なければなりませぬし、なにより二十俵をなんとかして取りあげようといたしますから。こちらから申して、屋敷を出ました。いや、おかげで老人二人、気楽になに不自由なく生きていけておりまする」

確認する聡四郎に、太田彦左衛門が大丈夫だとうなずいた。

二十俵は、二十石に値する。四公六民の幕臣だと手取りは八俵、小判にして八枚になる。

一両あれば、四人家族が一カ月喰える。二人だけなら、月に二分《ぶ》もあれば十分やっていけた。

「それに……」

にやりと太田彦左衛門が笑った。

「長年かけて貯めた金は、しっかり持ち出しておりまして」

「いや、さすがでござる」

聡四郎は感嘆した。

四

城中は噂で動く。

吉宗が惣目付を新設するという噂は、お城坊主によってあっというまに広まった。

「大名、旗本、大奥だけでなく、禁裏《きんり》も監察するだと」

「惣」がすべてを示すと知った大名たちは驚いた。というのも四代将軍家綱《いえつな》が就任したときに起こった由井正雪《ゆいしょうせつ》の乱の主体が牢人だったことで、大名家を潰し続けるのはまずいと幕府が気づき、以降、大目付は飾りとなり、締め付けが緩くなっていたからである。

「国元へ急げ」

なかでも御三家が反応した。

今まで御三家には、なにかあっても目付や大目付ではなく、老中が対応に出てきた。

「江戸へ兵を出すとはどういうお考えか」

尾張徳川家は初代義直《よしなお》が、三代将軍家光《いえみつ》の大病に乗じ、軍勢を率いて江戸へ向かったとき、松平伊豆守信綱《まつだいらいずのかみのぶつな》から制されている。

また、紀州徳川家初代頼宣《よりのぶ》が、由井正雪の乱の黒幕ではないかと疑われたときも、対応したのは松平伊豆守信綱であった。

これは老中という幕府最高の役職の者が出ることで、御三家の格を他の大名とは違うと天下に見せつける、ようは神君の直系という血筋への配慮であった。

なにより、老中には監察の権がないため、咎めにくいのだ。

それに対して、外様《とざま》大名だとどれほど石高が大きかろうとも、大目付が出た。そして、大目付は咎めるのが仕事なのだ。御三家と老中が話し合いですませるところでも、大目付は妥協しない。

結果、三代将軍家光の御世、じつに五十以上の大名が改易《かいえき》あるいは減封《げんぽう》された。

大目付が出てこない。すなわち、御三家は咎められないという慣習が公ではないとしても、今まではあった。

それを惣目付は崩すかもしれない。

御三家があわてたのも当然であった。

江戸から名古屋までは、早馬を使えば三日で着く。

「惣目付だと……」

江戸からの報せを受け取った尾張徳川家は首をかしげた。

「なぜ江戸はそこまで気にする。たかが旗本ではないか」

尾張徳川家は御三家の筆頭として、大廊下の間でも上に座する。八代将軍選定の場には、有力な候補であった吉通《よしみち》が、寵臣と愛妾《あいしょう》によって毒殺されるという不祥事を起こしたことで、参加さえできなかった。

そのため紀州徳川家の後塵《こうじん》を拝してはいるが、当の吉宗は将軍となり、跡を継ぐ紀州徳川家当主に分家西条《さいじょう》松平家から宗直《むねなお》を招いて据えている。分家から入ったのでは、直系を続けている尾張家よりは弱い。

「尾張徳川家には、なんの影響もなかろう」

江戸からの早馬を受けて集まった家老たちは、そう結論づけた。

「まったく、公方さまも新しいもの好きでござるな」

石河《いしこ》正章《まさあき》が苦笑した。石河家は美濃《みの》駒塚《こまづか》一万石の領主で、その先祖は家康から義直に付けられた尾張藩開祖以来の名門であった。

「まことに。御側御用取次《おそばごようとりつぎ》だとか御広敷用人だとか、庭之者だとか。道中奉行副役というのもございましたなあ。そして今度は惣目付でございますか」

生駒大膳致長《いこまだいぜんむねなが》も同意した。織田信長《おだのぶなが》の側室生駒の方の実家を祖とする生駒家は四千石を領する大身《たいしん》で大寄合という家老に次ぐ地位にあった。

「…………」

「いかがなされた、隼人正《はやとのしょう》どのよ」

ずっと沈黙している付け家老成瀬《なるせ》隼人正正幸《まさゆき》に気づいた竹腰山城守正武《たけのこしやましろのかみまさたけ》が声を

かけた。

　成瀬家と同じく付け家老を務める竹腰山城守は石河正章の弟になる。先代の急死を受けて竹腰家を継いでいた。

「この惣目付の名前でござるが……」

　成瀬隼人正が、江戸からの書状に目をやった。

「水城と読めまするが」

「どれ……」

「惣目付の名前などどうでもよろしいではござらぬか」

　言われた執政たちが書状に目を落とした。

「たしかに水城とございますな」

「たかが旗本でございましょう。名前など……」

　一同が確認した。

「ご一同、水城という名前に覚えはございませぬか」

　それを見てから成瀬隼人正が尋ねた。

「水城……」

「はて」

皆が首をかしげた。

「まさかっ」

竹腰山城守が声を上げた。

「お旗持ち組衆を屠《ほふ》った旗本の名前が、たしか水城であったような」

「なんじゃと」

「それはまことか」

生駒大膳と石河正章が驚愕した。

お旗持ち組衆は、尾張徳川家と紀伊《きい》徳川家の確執から生まれた。徳川家康は豊臣《とよとみ》秀頼《ひでより》を滅ぼすために軍を起こしたとき、将軍秀忠《ひでただ》と十男頼宣には同じ数の陣中旗を渡し、九男義直と末子頼房《よりふさ》にはそれより少ない数しか与えなかった。

これは頼宣を将軍秀忠と同格にし、義直、頼房を一段下に置いていると、天下に公言したにひとしい。

さすがにこの扱いはひどいと義直の生母で家康の側室だったお亀《かめ》の方が泣いてすがって、なんとか頼宣と同じだけの旗を下賜《かし》してもらったが、このときの悔しさを尾張徳川家はずっと持ち続けてきた。

「かならずや紀州を抑える」

恨みを抱えた義直は、家康からもらった旗を代々守りつつ、いざというときは紀州へ刃を突き立てるという旗持ち組を創った。

その旗持ち組だが、今はなくなっていた。

吉通、その息子の五郎太《ごろうた》と続けて藩主が急死、八代将軍争いから落とされた尾張徳川家が、紀州徳川家の仕業だと疑い、七代将軍家継《いえつぐ》の万一に備えて江戸へ向かった吉宗を襲い、聡四郎と大宮玄馬、そして紀州家の隠密玉込め役によって壊滅させられたのだ。

「尾張を抑えるためではないか」

成瀬隼人正が危惧《きぐ》を口にした。

「目付では尾張に手出しができぬ……」

石河正章が唸った。

「まさか……お旗持ち組衆への復讐か」

生駒大膳が震えた。

「むうう」

竹腰山城守が唸った。

「いかがいたそうか」

執政たちが難しい顔で対策を練った。

「今から排除……は無理か」

「それこそ、公方さまに口実を与えるようなものだ」

聡四郎を亡き者にすればという案は、竹腰山城守によって一蹴《いっしゅう》された。

「金で懐柔《かいじゅう》……」

「できるような者に、公方さまが惣目付を任せるはずなかろう」

ふたたび竹腰山城守が首を横に振った。

「となれば……惣目付に付けこむ隙《すき》を与えぬようにするしかない」

成瀬隼人正が述べた。

「尾張に隙などあるのか」

石河正章が誰にともなく訊いた。

「ないわけではない」

苦そうな顔で竹腰山城守が告げた。

「どうしたのだ、山城守どの」

「先日、江戸家老から報告があったであろう」

「……江戸からの報告」

言われた生駒大膳が首をかしげた。

「木曾《きそ》川のことだの」

成瀬隼人正が答えた。

「あれか」

「あったの」

生駒大膳と石河正章も思い出した。

「木曾川はなんとかせねばならぬ」

竹腰山城守が断じた。

「しかし、木曾川を制するために堤防や水除《みずよ》け地を造るには、何万両という金がかかる」

「万両をこえる金、尾張にはござらぬ」

成瀬隼人正が首を横に振った。

「天守の鯱《しゃち》からこれ以上鱗《うろこ》を剝《は》ぐわけには参りませぬ」

石河正章も首を左右に振った。

名古屋城の天守閣には、金で造られた鯱が掲げられていた。

参勤交代で江戸へ向かう大名たちに、徳川家の財力を見せつけるためだと言われているが、それも今は昔である。

尾張徳川家は、その内証《ないしょう》が厳しくなると飾りだけにしておかなかった。

「剝がせ」

金の鯱から純金の鱗を剝がし、代わりに鍍金《めっき》の鱗に差し替え、急場しのぎに遣っていた。

そこまでしなければならないほど、尾張徳川家の財政は悪かった。

その財政悪化の原因の一つが、木曾川の氾濫《はんらん》であった。

木曾川は尾張平野に水を供給し、豊作を支える重要な河川であるが、何年かに一度、大雨や台風などを引き金にして溢《あふ》れた。

木曾川の氾濫は、広範囲に及び、尾張藩の収入に大打撃を与えた。さらに、その被害の復興にも金はかかる。もし、木曾川の氾濫を防ぐ、あるいは被害を減じることができれば、尾張立藩以来の懸念《けねん》を払拭《ふっしょく》できる。

まさに木曾川の治水は尾張藩の悲願であった。

「金がないのはわかっている。そこで殿に御手元金拝領を願っていただけないかとご相談申しあげたのよ」

竹腰山城守が述べた。

「それは妙案……」

「だったのは、先ほどまでじゃ」

手を打った石河正章に竹腰山城守が嘆息した。

御三家は将軍を出すことのできる家柄として、格別な扱いを受けている。求めれば、御手元金の拝領も他の大名よりも容易であるし、通常は五年、あるいは十年で返金しなければならないが、御三家はそのまま下賜されることが多い。

「御手元金拝領は、尾張の弱みを公方さまにお報せすることになる。なにより、金を借りた尾張は御上に遠慮しなければならない。それは金を返したとしても続く。恩を受けた過去は消えぬ。それこそ尾張から公方さまが出られぬ限り、御上に頭が上がらぬ」

「…………」

竹腰山城守の言葉に、一同が黙った。

「頭を下げるだけで木曾川が抑えられるならば、安いものだと思うが」

惜しそうに石河正章が口にした。

「たしかに、我らの頭であれば、何回でも下げるが……」

「公方さまが、我らの頭でご満足くださいましょうか」

「山城守どのか、隼人正どのでなければ、公方さまへお目通りはできぬ。おそらく我らのことなどご存じではなかろう」

生駒大膳が唇を噛んだ。

かつては徳川家康に仕えていながら、徳川義直に付けられた者が尾張藩には多い。これらはお付き衆と呼ばれ、藩内でも尊敬を受けている。しかし、そのなかでいまだに将軍家目通りの格を維持しているのは、付け家老の竹腰山城守と成瀬隼人正だけであった。

「我らでもお目通りは叶うまい。願うことはできても、お目通りをお許しになるかどうかは公方さまのお気持ち次第。御手元金拝領のためとわかっていれば、決してお目通りをくださるまい」

竹腰山城守が無理だと述べた。

大名、旗本でも将軍家へ目通りを願うには、なんのためにということを前もって、届け出なければならなかった。

「となれば、殿にお願いするしかないが……」

「殿がなさると思うか」

生駒大膳の嘆きに、成瀬隼人正がため息を吐いた。

「なさるわけないな」

なんともいえない顔で竹腰山城守が言った。

「話を戻すが……木曾川のことで騙されてくれればいいが……」

幕府は木曾川治水で尾張が苦労していると知っている。

「金がない。これが尾張の弱み。その主は木曾川だが……他にも金がなくなった原因はあるだろう」

竹腰山城守が一同の顔を見回した。

「円覚院《えんかくいん》さまと真厳院《しんげんいん》さまのことか」

成瀬隼人正が眉間にしわを寄せた。

円覚院は尾張藩四代藩主徳川吉通の、真厳院は五代藩主五郎太の法名である。

「続いた葬儀と家督相続で数万両かかっている。そこを突かれれば……」

「お二人の死に惣目付が出張《でば》る」

名古屋城御用部屋が緊迫した。

五

将軍親政を口にした以上、すべての案件を処理しなければならない。

吉宗は将軍の慣習となっていた昼からの娯楽を捨てて、あげられてくる書付《かきつけ》に目を通していた。

「公方さま、佐渡《さど》奉行より金山の現況報告が届きましてございまする」

「普請《ふしん》奉行が、西の丸の修繕について、言上《ごんじょう》いたしたき儀があると目通りを願っておりまする」

「寛永寺《かんえいじ》より、厳有院《げんゆういん》さまのご年忌《ねんき》についてご相談を願いたいとの要望がございまする」

取次をする御側御用取次加納遠江守久通《かのうとおとうみのかみひさみち》は席を温める暇もないありさまになった。

「寛永寺には、書式にて問い合わせよと伝えよ。普請奉行は通せ。佐渡奉行の報告を読みながら聞く」

吉宗は、そのすべてに対応した。

「……下がれ」

小半刻《こはんとき》（約三十分）ほどで吉宗はすべてを終わらせた。

「本日の言上はこれまでかと」

疲れた素振りも見せず、加納遠江守が告げた。

「大儀《たいぎ》であった」

吉宗がねぎらった。

「普請奉行や寛永寺のことは、不要でございました」

加納遠江守が静かに怒っていた。

「ふん。馬鹿どもの嫌がらせであろう」

吉宗が鼻で嗤《わら》った。

将軍親政は老中たちの権威を地に落とした。

「よきにはからえ」

「越前守《えちぜんのかみ》にあずける」

先代の家継は、まだ子供であったため政《まつりごと》にかかわらず、すべてを老中たちに任せていた。すなわち、天下は老中が握っていた。

「なにとぞよしなに」

「ご老中さまにおかれましては……」

会う者、会う者が尊敬をし、気遣いをしてくれる。役高のない老中にとって、この権力の甘さが最高の褒美でもあった。

それが将軍親政になると変わる。

「公方さまのお許しがなくば……」

「残念じゃが、公方さまがお認めにならず」

老中に頼んだことがならぬだけではなく、御用部屋が決議した布告などがひっくり返る。

「天下の執政と威張りながらもそれか」

「老中といえども、徳川の家臣でしかなかったわ」

形骸となったことが知られてしまえば、権威は地に落ちる。

「老中に金も贈物も渡さずともよい。それよりも公方さまのお気に召すものを献上いたすほうがよい」

朝廷や大名たちが、老中を見限る。

それに老中たちは耐えきれなかった。

「躬《み》に音《ね》をあげさせようというのであろうな」

老中の定員は決まっていないが、概《おおむ》ね五人前後が就任する。その五人でやっていたことをすべて吉宗一人に集めさせようとしている。

「朝の四つ（午前十時ごろ）から昼八つ（午後二時ごろ）までで回るていどの仕事だぞ。二刻《ふたとき》（約四時間）の執務五人分で十刻（約二十時間）じゃ。それくらい一人でもできるわ」

吉宗が老中たちの姑息《こそく》な嫌がらせを嗤った。

「遠江守」

「はい」

「聡四郎を呼び出せ」

「いつ伺候《しこう》させましょうや」

加納遠江守が訊いた。すでに刻限は七つ（午後四時ごろ）をこえている。今からとなれば、日が暮れてからになる。

「明日の朝四つでよい」

「わかりましてございまする」

御休息《ごきゅうそく》の間《ま》近くで控えている使者番にその旨《むね》を伝えるため、加納遠江守が腰をあげた。

「躬をお飾りだと思うなよ。紀州のころから、政をしておったのだ。そなたたちが考えるていどのこと、躬が気づかぬとでも思うたか」

吉宗が独《ひと》りごちた。

「もう我慢は終わりじゃ。分家あがりと躬を舐《な》めておった者どもよ。そなたたちが慌てふためく姿が目に浮かぶわ」

にやりと吉宗が口の端をゆがめた。


加増を受けた旗本は屋敷も移ることが多い。

もともと旗本は、よく似た石高、家格の者がまとまって屋敷町を構成していた。元高五百石の水城家である。本郷御弓町《ほんごうおゆみちよう》の屋敷もそれに応じた規模でしかないが、千石ではさほどの差にはならない。これが百石から四百石への加増だと、まちがいなく屋敷も替わる。

「屋敷替えがなくて助かったわ」

太田彦左衛門のもとから帰ってきた聡四郎が、紅に着替えを手伝ってもらいながら安堵の息を吐いた。

「そんなもの、心配しなくていいのに。お父さまに言って百人の人足を集めさせれば、聡四郎さんはなにもしなくてもすむから」

紅が聡四郎の袴を脱がせながら言った。

紬が掠《さら》われたことを悔やみ、落ちこんでいた紅は聡四郎によって元気を取り戻していた。その影響か、紅は聡四郎と出会ったころの呼びかたをするようになっている。

「百人……人足代で屋敷が傾くぞ」

聡四郎も昔のようにくだけていた。

「半値で請けてもらうわ」

「惣目付が、値切りをしてどうする」

品行方正でなければ、惣目付は役目を果たせない。いかに身内といえども、値切るなどはできなかった。

「じゃあ、あたしが声をかけるわ。手伝ってってって」

「とんでもないことになるぞ」

紅の発言に聡四郎が首を左右に振った。

江戸城出入りの口入れ屋である相模《さがみ》屋伝兵衛《でんひょうえ》の一人娘である紅は、聡四郎に嫁ぐまで店の手伝いをしていた。それも男の人足に混じって現場に出向くなど、とても女のすることではないまねを桃割れ髪のころからやっている。

「相模屋のお嬢が言われるなら」

荒くれ人足でも紅には一目置いているのだ。

「ちょっと手を貸してちょうだい」

そう紅が声をかければ、たちまち相模屋中の人足が応じる。それこそ百ではきかない数がやってきかねない。

「紅と吾は一身だぞ。そなたがしたことは吾がしたことになる」

聡四郎が止めた。

「ご安心を。そのときはあっしがとりまとめやす」

書院の廊下に相模屋の職人頭袖吉《そできち》が座っていた。

「いつのまに……」

そこまで気づかなかった聡四郎が驚いた。

「そりゃあ、あれだけいちゃついておられたら……ねえ」

袖吉が紅ににやりと笑った。

「……お黙り」

紅が頬を染めた。

「いつまでも仲のよいことは結構ござんすがね」

袖吉が甘すぎると顔をしかめてみせた。

「…………」

からかわれた紅がうつむいた。

「そのくらいにしておけ。でないと、蹴飛ばされるぞ」

聡四郎が紅の肩をなでながら、袖吉に顔を向け苦笑した。

第二章　役の始め

一

お使者番の口上を受けた聡四郎は、夜明けとともに水で身を清め、登城に備えた。

四つの呼び出しに応じるには、屋敷を一刻《いっとき》半（約三時間）ほど前の六つ半（午前七時ごろ）に出立《しゅったつ》すれば間に合う。

「…………」

聡四郎はまだ寝ている紬の顔を覗きこんだ。

「よく寝ているな」

「あんなことがあったのに、夜泣きもしないのよ、この子。誰に似たのやら」

並んで見ていた紅が苦笑した。

「そなたはどうだったのだ」

「乳飲み子のころのことなんて覚えてないわよ」

訊かれた紅が手を振った。

「今度義父どのに尋ねてみよう」

「要らないことをするんじゃないわよ」

楽しそうな聡四郎を紅が睨んだ。

「殿」

大宮玄馬が出立の刻限だと呼びに来た。

「今、行く。では、紅、行って参る」

「いってらっしゃいませ」

最後は武家の妻らしく、見事な三つ指で紅が聡四郎を見送った。

惣目付は一千五百石高で、登城に駕籠を許される。もちろん、許されるだけで、かならず駕籠に乗って登城しなければならないわけではなかった。

なにより駕籠がない。いくら乗輿《じょうよ》格だからといって、町駕籠を使うわけにはいかないのだ。まず水城家の紋が入った駕籠を作らせなければならない。

借りものの駕籠で登城しようものなら、

「駕籠さえ自前でないとは」

「成り上がりがうれしそうに」

と叩かれる。

出世には妬《ねた》みがつきものである。そして、嫉妬《しっと》は容易に共有される。目に見えないところで、手を組まれて陥《おとしい》れられる。

「身の程をわきまえておるな」

「出自が徒侍《かち》なのだ。当然だな」

無理をせず、目立たぬようにしておくのが無難であると、聡四郎は役人を続けてきたことで悟っていた。

惣目付の身分では、家臣を下乗橋より先に連れていけない。

「お待ちをいたしておりまする」

大宮玄馬が一礼した。

「公方さまへのお目通りじゃ、早くとも二刻はかかろう。悪いが、道場を見てきてくれぬか」

一縷《いちる》の望みを託して、聡四郎は大宮玄馬に入江無手斎の道場を見に行かせた。

「……はい」

大宮玄馬も聡四郎と同じく、入江無手斎の教えを受けている。入江無手斎の行方を気にしていた。

「では、頼んだ」

一人で聡四郎は城中へ歩《ほ》を進めた。


城中詰め所の決まっていない聡四郎は、目に付いたお城坊主に一分判を二枚渡して、居場所と、呼び出しの手配を頼んだ。

「これは、これは」

直接金を渡されたお城坊主が喜んだ。

通常、城中では金の遣《や》り取りをしなかった。財布を持ち歩かないというのも理由だが、気高き武士が汚い金を触るのは沽券《こけん》にかかわるという忌避《きひ》も原因としてあった。

とはいえ、城中でも金の要ることはある。お城坊主への心付けであった。

二十俵二人扶持ていどの禄しかもらっていないお城坊主は、本禄だけでは食べていけなかった。そこで、城中での雑用一切をこなすという役目を利用して、心付けをもらうことをお城坊主は考えた。

百万石の前田《まえだ》家であろうが、従四位上左近衛権中将《じゅしいのじょうさこんえごんのちゅうじょう》の伊達《だて》家であろうが、城中では将軍家の臣下でしかない。家臣を連れていないので、弁当の用意から厠《かわや》での用便まで、一人でしなければならなかった。言うまでもなく、大名といえども、戦場へ出るときの教育は受けている。さすがに一人で厠には入れるし、後始末も一人でできる。食事も弁当の蓋《ふた》を開けて喰うくらいは問題ない。

ただ、手水《ちょうず》鉢の場所とか、茶あるいは白湯《さゆ》の用意ができないのだ。どちらも厠、控えの間に近いところに置いてあるが、それに大名は直接手出しができなかった。

「何用でございましょう」

それらはお城坊主の管轄《かんかつ》にあり、勝手に触ることは許されていない。落とし紙も同じであった。なぜか、落とし紙は厠のなかに常備されておらず、厠担当のお城坊主が懐《ふところ》にある。

「茶を」「落とし紙を」

手を出せば、もちろんくれる。ただ、心付けを渡している、渡していないで扱いが変わった。

「ただちに」

十分に鼻薬が効いていれば、それこそ打てば響くがごとくに対応してくれる。

「…………」

金を出していない、あるいは出していてもお城坊主にとって満足できるほどでないときは、聞こえない振りをする。

さすがに用意しないということはない。それをすれば、お城坊主が職務怠慢で咎めを受ける。ただ、聞こえなかった場合は、問題にならなかった。

「……茶でございますか。お待ちを」

十分に焦《じ》らした後、ようやくお城坊主が動くが、そこからさらに手間取る。わざわざ井戸まで水を汲《く》みに行って、湯を沸かすところから始め、さらに湯が沸いてから台所まで茶葉をもらいに行く。そこに先ほどまで使っていた茶葉があっても使わない。

「これは、某《なにがしのかみ》守さま、某衛門さま、某大夫さまのお茶葉でございまする」

自前で用意していると言われれば、それ以上の反論はできない。

「きさま、黙っていれば……」

もし、そこで怒ってしまえば、大名の負けになる。

お城坊主は徳川家の直臣《じきしん》であり、大名と同僚なのだ。喧嘩両成敗、お城坊主も大名もともに咎められ、登城停止《ちょうじ》あるいは慎みなどを命じられるが、どちらがより被害を受けるかとなれば、大名であった。

「坊主ごときと同じまねを」

笑って見逃すだけの度量がないと周囲から見られる。

結果、お城坊主の機嫌は損ねないようにすべきだというのが、大名や旗本が家督相続するときの申し継ぎになっている。

かといって金を遣うのは、やはり周囲からよくは思われないので、代わりとして白扇《はくせん》が用いられた。

白扇一つでいくらと家格や身分で決まっており、後日その大名家なりに白扇を持ちこんで金へと換えてもらうのだが、これが意外と面倒であった。

白扇をくれた大名や旗本の屋敷が一処《ひとところ》に固まっているわけではないし、場合によってはかなり遠いときもある。金をもらうのだから、それくらいで文句を言うなと思うところだが、人は楽をしたがる。

目の前で現金を出した聡四郎は、お城坊主にとって、まさに上客であった。

「こちらで」

お城坊主が出入りを管理している空き座敷に通された聡四郎は、茶の接待まで受けた。

「金は強いわ」

勘定吟味役のときに、紀伊国屋文左衛門《きのくにやぶんざえもん》という巨商と遣《や》り合い、御広敷用人では大奥女中という贅沢三昧《ぜいたくざんまい》な女たちを抑え、そして道中奉行副役で金がなければ旅は苦痛だと知った。

聡四郎は旗本では珍しく、金の遣いどころを理解していた。

「水城さま、お召しでございまする」

半刻《はんとき》（約一時間）ほどで、お城坊主が迎えに来た。

「かたじけなし」

お城坊主に礼を言い、聡四郎は吉宗のいる御休息の間へと入った。

「そのまま、こっちへ来い」

御休息の間下段襖際に座ろうとした聡四郎を、吉宗が手招きした。

「はっ」

吉宗の気質は嫌というほど知っている。

聡四郎はためらうことなく、上段の間と下段の間の境まで進んだ。

「一同、遠慮《ひと》いたせ」

吉宗が他人払いを命じた。

「…………」

もう吉宗の側近くに仕える者も慣れている。小姓《こしょう》組頭を始め、太刀持ちの小姓まで無言で御休息の間を出ていった。

「聡四郎、もっとこっちだ。そこへ座れ」

人がいなくなったところで吉宗が言い、扇子の要で上段の間中央を指し示した。

「…………」

ちらと聡四郎は加納遠江守を見た。

「うむ」

加納遠江守が小さくうなずいた。

「御命とあらば」

聡四郎は上段の間中央まで進んだ。

将軍家の居室である御休息の間では、老中であろうとも下段の間で控えなければならない。

「それへ」

将軍からそう言われて、上段の間と下段の間の境目まで進めるが、それでも敷居をこえることは許されていなかった。

御三家の当主はさらに扱いが悪くなり、下段の間に入ったところまでである。

聡四郎の扱いは、まさに寵臣中の寵臣に対するものであった。

「紅と紬は息災《そくさい》であるか」

最初に吉宗が気遣った。

「おかげさまをもちまして、二人ともに健やかに過ごしております る」

聡四郎が答えた。

「紬は泣いておらぬか。紅はどうじゃ」

吉宗が巻きこんだことを後悔しているとわかる口調で、さらに訊いてきた。

「紅はしばらく塞ぎこんでおりましたが、以前同様に戻っております る。紬は動じることさえございませぬ」

「大物になるの」

嘘を吐いていないと言った聡四郎に、吉宗が笑みを浮かべた。

「もう少し早く生まれておれば、長福丸《ちょうふくまる》の妻としてもよかったかの」

吉宗が嫡男《ちゃくなん》の正室《せいしつ》にもできたなと言った。

「ご勘弁くださいませ」

そんなことになれば、紬は父親といえども男は出入りできない大奥へ入ることになる。当然、娘に会うことさえできなくなった。

「ふっ」

冗談だと言わず、吉宗が口元を緩めた。

「さて、長く他人払いをするわけにもいかぬ」

話が聞こえないところに行っているとはいえ、小姓たちは興味津々《しんしん》であった。

内容はわからなくても、聡四郎とどれだけの時間密談したかを、小姓たちが誰かに漏らすかもしれない。そして長ければ長いほど、周囲は内容を気にする。気にしただけでなく、なかには類推から邪推をする者も出てくる。

密談は短いほどよいとされていた。

「詰め所は梅の間を使え」

「……今、なんと」

「それは」

吉宗の言葉に、聡四郎と加納遠江守が唖然《あぜん》とした。

梅の間とは、将軍御座の御休息の間を出て、廊下を左に曲がった突き当たりにある。その隣が、台所から運ばれてきた将軍の食事を温め直す囲炉裏《いろり》の間であることからもわかるように、御休息の間に至近であった。

「躬と話をするのによかろう」

「お待ちくださいませ。さすがにそれは……」

格式を無視していると加納遠江守が止めようとした。

吉宗の側近中の側近ともいえる御側御用取次でさえ、その詰め所は御休息の間からかなり離れている談事部屋なのだ。

「聞かぬぞ、遠江」

諫言《かんげん》は要らぬと吉宗が遮《さえぎ》った。

「仰せではございまするが……」

「躬がなぜ、惣目付を創ったのか、そなたはわかっておろう。惣目付は、躬に従わぬ者たちを排除するためのものぞ。遠くに置いてみよ、呼び出すにも手間がかかるし、なかには邪魔をする者も出てこよう。一刻の遅れで取り返しがつかなくなるやもしれぬのだ。聡四郎は近くにいさせねばならぬ」

「…………」

吉宗に言われて、加納遠江守が黙った。

「強引で反発も多かろう。だが、それを一々説いて回るだけの暇はもうない。幕政を変えねば、徳川幕府は潰れる。和歌山のことを思い出せ。躬が藩主でなければ、紀州徳川家はどうなっていた」

「……恥をさらしていたかと」

吉宗が紀州家の主となったとき、紀州家の借財は五十万両をこえていた。表高五十五万石と言われているが、実高は低く三十万石ほどでしかない紀州家である。一年十五万両となる年貢をすべて借財の返済に充てたとしても、三年以上、利子も含めれば四年かかる。

たかが四年だが、その間、家臣の禄もなく、藩主が飯も喰わず、参勤交代もできなくなるのだ。

現実として、二十年かかっても難しい。当たり前だが、借財をしなければならないということは、根本から収支が狂っているのである。

そこから変えないと借財は増える一方であった。

「倹約、殖産じゃ」

自ら紀州藩の勘定を確認した吉宗は、率先して倹約を始めた。

木綿《もめん》ものを身につけ、食事は一汁一菜、奥の女中たちも最低限だけ残して放逐《ほうちく》、することもないのに役職だけを口実に城中でたむろしていた者を開拓などへ移す。

参勤交代も人数を減らしただけでなく、本陣宿に払う金も減額した。

「紀州さまは細かい」

評判は落ちるが、そんなことは気にしていられない。

「謹慎いたせ」

「禄を召しあげる」

さらに吉宗の指示に逆らった者を咎める。

まさに強権を発して、吉宗はわずかの間に借財を消し、さらに十万両という金を蔵に積みあげてみせた。

この実績には、加納遠江守も反論はできなかった。

「聡四郎、配下についてだが、徒目付、小人目付の他に、今までどおり伊賀者も使え」

「はっ」

異論はなかった。いくら吉宗の後ろ盾があっても、一人でできることには限界がある。

「さて、命を下す」

下話は終わりだと吉宗が告げた。

「はっ」

聡四郎が両手をつき、背筋を伸ばして、吉宗の膝の辺りを見るように頭《こうべ》を垂れた。

「奥右筆《おくゆうひつ》どもに鉄槌《てっつい》を喰らわせろ」

静かに吉宗は怒っていた。

二

下命を受けた聡四郎は早速、御広敷伊賀者番所へと出向いた。

「よいか、遠藤」

上役だが、いきなり他職の詰め所へ踏みこむのは、まずい。

「どうぞ、お入りを」

応じる遠藤湖夕の声に合わせて、戸障子が引き開けられた。

「いかがなさいました」

上座を譲りながら遠藤湖夕が問うた。

「公方さまより……」

聡四郎が経緯を語った。

「梅の間でございまするか。それは……」

さすがの遠藤湖夕も高すぎる詰め所に驚いた。

「での、最初の御命が出た。奥右筆どもだ」

「奥右筆……なるほど」

聞いた遠藤湖夕が首肯した。

「なにがあった」

聡四郎が問うた。

「奥右筆については、ご存じでしょうか」

「ありきたりのことだがな。五代将軍綱吉さまが、幕政をお手元でなさるために創設された。政にかかわるすべての書付を監督し、老中の令でも奥右筆の筆が入らぬ限りは効力を発しないとも聞いた」

尋ねられた聡四郎が答えた。

「その通りでございまするが、一つだけ違っておるものがございまする」

「違っている……なんだ」

聡四郎が遠藤湖夕に先を促した。

「かつては老中方の専横《せんおう》を止める将軍の盾でございましたが、今は、老中方の飼い犬になり、公方さまのお手を煩《わずら》わせるよう動いておりまする」

「なるほど。公方さまに見ていただかなくともすむ書付やどうでもよいものを、混ぜているのだな」

「はい」

遠藤湖夕が聡四郎の確認に首を縦に振った。

「奥右筆は何人いた」

「定まっておりませぬが、今は組頭が二人、その配下が五人」

「合わせて十二人か……」

聡四郎が腕を組んだ。

「一人では少し脅しに欠けるな」

惣目付でございと言ったところで、一人では押し出しが弱い。

「徒目付をお使いになれば」

「従うか」

聡四郎が目を細めた。

「従いますまい」

言った遠藤湖夕が自ら否定した。

「わかっているなら、勧めるな」

「徒目付がどう動くかを見ておかれるべきだと思いまする」

あきれた聡四郎に遠藤湖夕が述べた。

「敵対するか、手伝うかか」

「はい。敵対するならば潰しまする。手伝うならば使えばよろしいかと」

「徒目付は何人ほどいる」

またも数を聡四郎は気にした。

「五十人ほどかと。組頭は三人」

庭之者が来るまで、江戸城中の陰警固を担っていただけに、伊賀者は役人たちのことにも精通していた。

「五十三人ほどか。要らんぞ、そんなに」

聡四郎が手を振った。

「徒目付の役目には、諸門を通過する者たちの監視、城中の宿直《とのい》などもございまする。すべてが監察ではございませぬ」

遠藤湖夕が説明を加えた。

「組ごとで交代か」

監察、諸門警衛、宿直と三つの役目がある。聡四郎は理解した。

「となれば、目付が使えるのは組頭を入れて十五人ほどか。そこから手を奪うのは難しいな」

目付の抵抗が予想された。

「公方さまにお願いをなされては」

「叱られるわ、なんでも頼るなとな」

聡四郎が嘆息した。

「配下くらい、己でなんとかせよ」

そう吉宗が言い捨てる姿を聡四郎は想像できた。

「まあ、おぬしの話にも理はある。どれ一度、徒目付組頭に会ってみよう」

聡四郎は腰をあげた。

「目付部屋は、松の廊下の付近であったな」

本丸御殿だけで一万一千三百七十三坪あった。座敷や間の数に至っては、知っている者すらいないだろうと言われている広大な江戸城表《おもて》である。念のためにと、聡四郎は遠藤湖夕に確認した。

「松の廊下というより中之口《なかのくち》を入ってまっすぐ右手紅葉《もみじ》の間の右隣でございます

る」

　遠藤湖夕がわかりやすい行きかたを口にした。

「そうか。助かった」

　背を向けかけた聡四郎を遠藤湖夕が止めた。

「お待ちを」

「なんだ」

　聡四郎が首だけで振り返った。

「徒目付にお声をかけられるならば、目付部屋よりお目付方御用所のほうがよろしいかと。場所も中之口を入ってすぐ右でございますれば、おわかりになりやすいでしょう」

「お目付方御用所……なんだそれは」

　怪訝な顔で聡四郎が訊いた。

「徒目付の待機と雑用をこなす場とお考えいただければよろしいかと」

「待機は目付部屋の二階であろう」

　聡四郎が首をかしげた。

「二階にはそれほどの数は控えておりませぬ。というより、控えられませぬ。二階は狭《せも》うございます」

「そうか。二階にいた徒目付が目付から命じられて、そのお目付方御用所へ手配をしに行くわけか」

遠藤湖夕の説明で聡四郎は理解した。

「なによりお目付方御用所には、目付衆は入りませぬ」

「御用所の格不足で、ふさわしくないという理由だな」

「はい」

聡四郎の返事に遠藤湖夕が首肯した。

「わかった。最初から目付と当たる意味はないな」

遠藤湖夕の案を聡四郎は受けた。

「助かった」

聡四郎は軽く頭を下げて、御広敷伊賀者番所を出ていった。

「草太郎《そうたろう》」

「承知」

名前を呼ばれた御広敷伊賀者が、すっと押し入れから天井裏へとあがった。

「次に水城さまへ危害が及べば、御広敷伊賀者はこの世から消え去る」

遠藤湖夕は、聡四郎の娘紬が藤川義右衛門に掠われたと知ったときの吉宗の怒りを思い出して震えた。

「二度と江戸へ戻ってくるな、義右衛門。伊賀者同士で争うなど、衰退でしかないのだぞ」

祈るように遠藤湖夕が呟いた。


聡四郎は遠藤湖夕の勧めに従って、お目付方御用所へと足を運んだ。

「これか」

お目付方御用所は、板張りの引き戸で閉じられていた。

「入るぞ」

「誰か」

聡四郎の声かけに、なかから誰何《すいか》が返ってきた。

「惣目付の水城である」

「……惣目付さま」

「惣目付さまだと」

「その書付を仕舞え」

外からでもわかるほど、なかが慌てた。

「開けるぞ」

「しばし、しばしお待ちを願いまする」

板戸に手をかけ、引き開けようとした聡四郎に、徒目付が嘆願した。

「早くせよ」

聡四郎は最初から喧嘩腰でいくつもりはなかった。

「……お待たせをいたしましてございまする」

少しして、聡四郎の目の前ではなく、二枚ほど離れた板戸が開き、そこから壮年の徒目付が出てきた。

「開けよと言ったはずだが」

「申しわけございませぬ。ですが、ここには目付衆さまと徒目付、小人目付しか入れぬ決まりでございまする」

咎める聡四郎に徒目付が首を横に振った。

「惣目付ぞ」

「申しわけございませぬ」

同じ言葉を徒目付が返した。

「さようか。そなた名前は」

「徒目付組頭、砂川矢地郎《すながわやちろう》めにございまする」

問われた徒目付が、片膝を突いて名乗った。

「どうしても入れぬと申すのだな、砂川」

「決まりでございますれば」

砂川矢地郎が拒絶を繰り返した。

「残念だ」

聡四郎がため息を吐いた。

「徒目付は何人いる、ここに」

「十人詰めておりまする」

さすがにこれくらいは答えた。

「十人だな。すべての名前をここへ」

聡四郎が懐紙を砂川矢地郎へ手渡した。

「なぜでございましょう」

「聞けると思ったのか、そなたは。惣目付を門前払いしておきながら、そちらの問いには答えろと」

ぎろりと聡四郎が睨んだ。

「なればお断りいたしまする」

砂川矢地郎が懐紙を返してきた。

「よいのだな」

聡四郎が念を押した。

「かまいませぬ」

砂川矢地郎が聡四郎には従わないと告げた。

「目付もかわいそうなことをする」

徒目付の行動が、目付の嫌がらせであることくらい、聡四郎でもわかる。

「かわいそうな……」

聡四郎のため息に、砂川矢地郎が不安そうな顔をした。

「入れぬとあれば、これ以上は意味もなし」

尋ねたそうな顔をしている砂川矢地郎を聡四郎は無視した。

「敵と味方ははっきりさせねばならぬ」

そう言い残して、聡四郎はお目付方御用所を後にした。

役人を辞めさせるには、二つの方法があった。

「某はこのようなことをいたし、その職に傷を付けた」

「とても務まるとは思えぬ」

不始末をした、あるいは能力不足であるとして評定所あるいは支配役である上役に訴える。

「職を解く」

もう一つは、最高の任免者である将軍から命じる。

砂川矢地郎と別れた聡四郎は、その足で吉宗に目通りを願った。

「どうした、もうすがりに来たのか」

吉宗が冷たい目で聡四郎を見た。

「手間をかけてよろしいのでしょうか。であれば、このまま戻りまする」

聡四郎は平然と言い返した。

「言うようになったの」

「公方さまのお指図に徹するならば、遠慮していてはできないと知りましたので」

「かわいげがなくなったわ」

聡四郎の言い返しに、吉宗が笑った。

「で、なにをしたいというのだ」

「徒目付を総入れ替えいたしたく」

吉宗の問いに、聡四郎が告げた。

「……目付どもか」

「はい」

苦々しい口調になった吉宗に、聡四郎はうなずいた。

「まったく……監察ほど目を透き通らせていなければならぬというに……そやつらが率先して旧来の権にしがみつくとは」

「それが人というものでございまする。一度手に入れたものは、ずっと吾《わ》が手にあると思いこむ」

同席していた加納遠江守が言った。

「そちもそうか、遠江」

「違うとは申しませぬ」

紀州で千石、それが今は旗本で二千石、いずれ大名へのぼっていくとわかっている。加納遠江守がうなずいたのも当然であった。

「一人違うのがおるの」

吉宗が聡四郎へ目をやった。

「そなた、惣目付を辞めさせてやるが、加増をすべて取り消すとなれば、どうする」

「よろこんで加恩をお返しいたしまする」

問うた吉宗に、悩むことなく聡四郎が答えた。

「ふっ」

吉宗が笑った。

「わかった。そなたの考えを認めてやる。その代わり、新しい徒目付はそなたが選べ」

「……はい」

言い出しただけに断れない。聡四郎は五十人からの徒目付を数万の御家人のなかから任じなければならなくなった。

「下がれ」

「はっ」

吉宗に手を振られて、聡四郎は御休息の間から下がった。

「遠江、わかったか。ああいう奴もおるのだ」

「…………」

加納遠江守が沈黙した。

「無欲ではないが、出世欲は薄い。だから信じて任せられる」

「…………」

「だからこそ信じられぬ」

相反することを吉宗が口にした。

「欲は人の本能ぞ。それを持たぬ者など人でないわ。そんなものを信じられるか。餌を与えても咥《くわ》えない犬だぞ、あれは」

吉宗が続けた。

「ただ、恩は忘れない。よくぞ、紅を養女として嫁がせたものよ。ここまで使うことになろうとは思っていなかった。あのときの躬を褒めたいわ」

「…………」

加納遠江守はなにも言えなかった。

三

聡四郎は吉宗の許可を取った後、奥右筆部屋へと歩を進めた。

「…………」

聡四郎は声もかけずに、奥右筆部屋の襖を開けた。

「なっ……」

「誰か」

なかで役目に励んでいた奥右筆たちが、あまりの無礼な登場に絶句した。

「惣目付水城聡四郎である。公方さまの御命により、臨検《りんけん》仕《つかまつ》る」

将軍の名前を出して、聡四郎が反論を抑えこんだ。

「惣目付さま……」

「御命……」

奥右筆は幕政のすべてに筆を入れる。老中からの指示でも気に入らなければ花押《かおう》を入れず、放置するだけの力を持つ。だが、その権能も、与えてくれている将軍相手には通じなかった。

また、惣目付の創設についての書付も処理している。これも吉宗の指図だけに、無視することも遅らせることもできなかった。

「な、なんでござろうか。ここは奥右筆の役務をこなすところでございまする。惣目付さまの臨検を受ける場所ではございませぬ」

組頭らしい壮年の奥右筆が抵抗を見せた。

「名も名乗れぬのか、そなたは」

下手に出ることはできない。惣目付は聡四郎が初めてなのだ。聡四郎の態度で、惣目付の格が決まる。

「失礼をいたしました。奥右筆組頭澤司現三郎《さわじげんさぶろう》でございまする」

奥右筆組頭が一礼した。

「臨検を受ける理由に思い当たることはないと申すのだな」

「ございませぬ」

睨む聡四郎に澤司現三郎が堂々と否定した。

奥右筆組頭は四百俵高で役料二百俵。そのほとんどが表右筆《おもてゆうひつ》から奥右筆、そして組頭という経緯で出世してくる。

実質幕政を握っているともいえる奥右筆には、大名、旗本、役人、すべてから便《べん》宜《ぎ》を願う付け届けがある。一度務めれば三代喰えるといわれる長崎奉行よりも、余得は多いとも噂されている。当然、その座を狙っている者は多く、うまく城中を泳ぎ、同じ思いの連中を蹴落としてきたのだ。詰問《きつもん》で顔色を変えるほど、弱くはなかった。

「愚かな……」

聡四郎が小さく首を左右に振った。

「いかに惣目付さままでも、今のお言葉は聞き捨てなりませぬぞ。今後……」

そこで止めて、水城家にかかわる書付は処理しないぞとの脅しを澤司現三郎がかけてきた。

「できればよいな」

聡四郎も動揺しなかった。

「どういう意味で……」

「公方さまを甘く見すぎじゃ。澤司、そなたを含めてこの場におる者どもが、明日も奥右筆だと言い切れるか」

「……………」

言った聡四郎に澤司現三郎が絶句した。

「わ、我らがいなくなれば、政は止まりまするぞ」

すぐに澤司現三郎が吾を取り戻した。

「表右筆から抜擢すればいい。よろこんで働くであろう」

聡四郎が嘲笑を浮かべた。

もともとは表右筆が、幕政と徳川家の内政にかかわる書付のすべてを監督していた。それを五代将軍綱吉が、老中たちの影響力を奪うため奥右筆を新設し、幕政を預けた。ただ、綱吉の治世が、生類憐《しょうるいあわれ》みの令などの悪令のため影響力を次代に受け継げず、奥右筆の権力を支えるものがなくなったり、七代将軍が幼すぎて老中に政が一任されたこともあり、その独立は保てなくなった。

「表右筆ごときになにができると」

「そなたも表右筆の出であろう。ここにおる者で表右筆を経験しておらぬ者はおるか」

うそぶく澤司現三郎に、聡四郎が反論した。

「……………」

誰も応じなかった。

「公方さまはお気づきである」

「まさかっ」

「見抜かれるはずなどない……」

「我らは御用部屋のご意向に従っただけじゃ」

告げた聡四郎に奥右筆たちが騒然となった。

「紀州藩でも藩主親政をなされたお方ぞ。そなたらの姑息《こそく》な策などとうにおわかりであった。無事ですむとは思わぬことだ」

冷たく聡四郎が断じた。

「だから、儂《わし》は止めようと言ったのだ」

「今さらなにを言うか。そなたも嬉々《きき》として不要な書付を御状箱《ごじょうばこ》に入れていたではないか」

「儂は違うぞ、たしかに公方さまの御裁可は不要なものであったが、知っていただいておくべきだと判断して……」

「一人逃げようとするなど……」

責任の押し付け合いが始まった。

「澤司、役目を解く。公方さまのご裁断が下るまで、屋敷に戻り謹慎いたしておれ」

まず聡四郎は澤司現三郎を弾劾《だんがい》した。

「馬鹿なっ……奥右筆組頭の儂が……」

聡四郎に命じられた澤司現三郎が啞然とした。

「さらに、この場におる者どもよ。そなたらにも……」

「それ以上はなにとぞ」

全員に咎めを言い渡そうとした聡四郎に、初老の奥右筆が願った。

「奥右筆組頭二戸稲大夫《にへとうだゆう》でございまする」

手を突いて初老の奥右筆が名乗った。

「惣目付の任を邪魔いたすか」

怒りを聡四郎は口調に乗せた。

「とんでもないことでございまする」

二戸稲大夫と言った奥右筆組頭が両手を振って、違うと続けた。

「たしかに、表右筆でもお役目は果たせましょうが、やはり完全とは参りませぬ。いきなりでは、表右筆どもも困惑いたしましょう。わたくしどもが退任いたすのは当然でございますが、せめて引き継ぎだけでもさせていただきたく」

「付いて来るがいい」

語った二戸稲大夫に聡四郎が指図した。

「どちらへ」

「御前で同じことを言ってみるのだな」

怪訝な顔をした二戸稲大夫に、聡四郎が言った。

「他の者どもに命じる。この部屋から出るな。誰も入れるな。これを守れなかったときは、容赦せぬ。家が残ると思うなよ」

聡四郎は老中へ注進に走る者が出ないように釘を刺した。


二戸稲大夫は震えながら、聡四郎の後に続いていた。

「公方さまにお目通りをいただかなくとも、貴殿との間で……」

「………」

聡四郎は二戸稲大夫の言葉を無視して進んだ。

「決して約束を違《たが》えることはいたしませぬ」

二戸稲大夫が食い下がった。

「惣目付水城聡四郎、公方さまにお目通りを」

御休息の間の外、入《い》り側《かわ》と呼ばれる畳廊下で聡四郎が、加納遠江守に求めた。

「通られよ」

惣目付はいつでも目通りを許すと吉宗が定めている。御側御用取次の加納遠江守といえども、止めることはできなかった。

「……その者は」

聡四郎への許可は出せても、付随する者は別になる。加納遠江守が二戸稲大夫に気づいて問うた。

「奥右筆組頭でござる」

「さようか」

聡四郎の答えに、加納遠江守が首肯した。

「入れ」

「惣目付さま……」

泣きそうな顔で二戸稲大夫が、首を左右に振った。

「それほど恐ろしいなら、最初からせねばよかったのだ」

加納遠江守が冷たく二戸稲大夫を見た。

「……」

土壇場《どたんば》に座らされた下手人のように、うなだれて二戸稲大夫が御休息の間へと入った。

「聡四郎、そやつは」

早速、吉宗が声をかけてきた。

「奥右筆組頭二戸稲大夫でございまする」

「……こやつがか」

吉宗がすっと目を細めた。

「く、公方さまにおかれましては……」

型どおりの挨拶をしようとした二戸稲大夫を吉宗が制した。

「機嫌がよいはずはなかろう」

「ひっ」

二戸稲大夫が身を縮めた。

吉宗は六尺（約一・八メートル）近い偉丈夫《いじょうぶ》である。また、鷹狩りを好み、弓の修練を欠かさない。その威圧は歴代将軍のなかでも図抜けている。

「そなたらは、誰から禄をもらっているかわからぬようだな」

「申しわけもございませぬ」

蛇に睨まれた蛙同然、二戸稲大夫は平伏《へいふく》したまま顔をあげることもできなかった。

「躬に逆らうは、謀叛《むほん》である」

「あわっ」

謀叛と言われた二戸稲大夫が泡を吹いた。

幕府でもっとも重いのが謀叛の罪であった。謀叛を起こした者、起こそうとした者、知っていながら通報しなかった者は、すべからく死罪、改易になる。さらにその一族も連座となる。成年した男は切腹、女子供は流罪《るざい》と決まっていた。

「そ、そのようなことは……」

二戸稲大夫が蒼白な顔で言いわけをしようとした。

「躬は将軍であると同時に、徳川家の当主である。二戸稲大夫とか申したの。そなたはなんじゃ。幕府の役人であり、徳川の家人《けにん》であろう。その役人が将軍に、家人が当主に刃向かったのだ。まさか、無事ですむなどと思っていたわけではあるまい」

「な、何卒《なにとぞ》、何卒、お許しを」

六代将軍家宣、七代将軍家継と二代にわたって、将軍親政はならなかった。ましてや、吉宗は紀州家から入った、いわば分家の出である。今まで老中に気を遣い、奥右筆にも心付けを渡していた紀州家のころの印象が抜けなかったのも無理はなかったが、それは言いわけにもならない。

今の吉宗は将軍であった。

「公方さま、この者は……」

聡四郎は吉宗の怒りが見せかけだとわかった。本気で怒れば、その威圧だけで二戸稲大夫は気を失うか、少なくとも抗弁や命乞いはできなくなる。

聡四郎は二戸稲大夫の提案を吉宗へ伝えた。

「悪い案だとは思えませぬ」

「罰も与えず、そのまま使えと」

吉宗が聡四郎に確かめるように言った。

「お咎めなしにはいたしませぬが、多少の手加減はやむなしかと」

「どのていどの咎めにいたすつもりじゃ」

聡四郎の言葉に吉宗が問うた。

「奥右筆には余得が多いと聞きまする。その分を禄から取りあげてはいかがかと」

「禄を……」

二戸稲大夫が驚愕した。

旗本にとって禄は子々孫々まで受け継ぐ大事なものである。また、山のようにいる旗本のなかでの格付けにもなる。一石の差が、上座下座を分けるのだ。

「どのくらい減らす」

「家禄の十分の一から二」

「五百石ならば五十石か」

「五十石……それはあまりに」

聡四郎の案に吉宗が考え、二戸稲大夫が辛そうな顔をした。

「少し甘くはないか。躬に手向かいしてそれでは、示しがつくまい。隠居、あるいは蟄居《ちっきょ》もさせねば」

吉宗が手ぬるいと首を横に振った。

「免職のうえ、減封でございまする。まず、二度と役職に就くことはできませぬ」

現将軍に嫌われたとあれば、まず一代の間は浮かびあがることはできない。どころか次代も小普請《こぶしん》のまま生涯を終えることになる。いや、今回奥右筆だった者は、吉宗から直接咎めを受けた者として、末代まで見捨てられることもありえた。

「ふむ……」

少し吉宗が思案をした。

「では、それに一代の間、登城の停止を付けようぞ」

吉宗がそれで妥協すると条件を加えた。

「それくらいならば……」

「お待ちを、お待ちを。どうぞ、どうぞ」

どうせ役目を解かれれば登城しなくてよくなる。さほどのことではないとうなずきかけた聡四郎を、二戸稲大夫が必死の形相《ぎようそう》で止めようとした。

「どうした」

「…………」

怪訝そうに二戸稲大夫を見た聡四郎を、吉宗が無言で笑った。

「登城停止はいたしかたございませぬが、どうぞ、期限をお定めいただきたく」

「一代と期限は切っておられようが」

吉宗がそう言ったはずだと、聡四郎が一層深く首を傾けた。

「一代の間とは、わたくしが当主の間は御目見得を許さぬとの仰せ。すなわち家督相続の願いをあげた嫡男のお目通りも叶いませぬ」

二戸稲大夫が説明した。

大名でも旗本でも、家督相続をした後、将軍へその御礼言上をする。江戸城へあがり、将軍へお目通りをするのだが、御家人はできなかった。目通りの格がないからであり、もし、二戸稲大夫が嫡男へ家督を譲りたいと思ったとき、家督相続はすんなり認められるが、目通りは許されないとなってしまう。つまり、二戸家は旗本ではないと幕府が宣したも同然になる。

期限さえ決まっていれば、それが解けるまで家督相続をしなければいい。もちろん、それまでに二戸稲大夫が死去すれば、家格がどうのこうのとは言ってられなくなるが。

ただ、旗本にとって、目通りできるかどうかはまさに切所《せっしょ》であった。

「なるほどの」

ようやく聡四郎は気づいた。

「相変わらず鈍い奴よ」

吉宗が苦笑した。

「落としどころを考えておろう」

続けて吉宗が聡四郎に命じた。

「それでございますが……」

「やはり、奥右筆部屋へ先に行ったのには理由があったのだな」

言上しようとした聡四郎に、吉宗が口の端をゆがめた。

「……畏れ入りまする」

聡四郎は頭を下げた。

「許す。そなたの思うがままにせよ」

「かたじけのうございまする」

吉宗が聡四郎から二戸稲大夫へと目を移した。

「……なんのことでございましょう」

内容はわからないが、どうやら己が話題となっていると気づいた二戸稲大夫が、おずおずと口を開いた。

「こやつの手伝いをいたせ」

「なにをいたせば……」

吉宗に言われた二戸稲大夫が聡四郎に尋ねた。

「新たな徒目付にふさわしい者を五十人、用意いたせ」

「……新たな……それはっ」

聡四郎が求めた意味を二戸稲大夫が理解した。徒目付が吉宗に逆らった者として見せしめになる。その手伝いを奥右筆にしろと言っているのだ。たしかに、幕府の人事の書付も司《つかさど》る奥右筆ほど、それにふさわしい者はいない。

「見せしめになるのが奥右筆でも、躬はかまわぬぞ」

息を呑んだ二戸稲大夫に、吉宗が拒否はさせぬと脅した。

四

遠藤湖夕は呻吟《しんぎん》していた。

「ありがたい話だが……水城さまへの恩が大きくなりすぎる」

そもそも潰されてもおかしくない伊賀者を残してもらっているだけでも、大きいのだ。吉宗が藤川義右衛門の愚かなおこないを個人のものとし、伊賀組に負わせていないのも聡四郎のお陰と言える。

「どうした、組頭」

配下の御広敷伊賀者が、遠藤湖夕の様子に声をかけた。

「尾野《おの》か」

遠藤湖夕が御広敷伊賀者に応じた。

「そなたに弟はいたか」

「おるぞ」

「遣えるか」

「技ならば、吾より少し劣るな」

当主が控えに劣るとは言えなかった。少し劣るはほぼ互角という意味であった。

「養子の先は」

「ないなあ」

尾野が嘆息した。

嫡男は家のすべてを継ぐ代わりに、弟たちの生活の道、姉妹たちの嫁ぎ先を用意しなければならない決まりであった。

「じつはの、先ほど……」

遠藤湖夕が聡四郎の話を語った。

「二十石……頼む、一つ席をくれ」

真顔になった尾野が、遠藤湖夕に頼みこんだ。

「受けてよいものかの。あまりに借りが大きくなりすぎよう」

難しい顔で遠藤湖夕が腕を組んだ。

「よいではござらぬか。水城さまに面倒を見ていただいて。あの方は裏とはいえ、我らを与力となされておられる」

「弟の行き先欲しさに適当なことを申すな。増えすぎた恩は身を縛るぞ」

「今さらであろう。なあに、しっかりご奉公仕ればよいのでござる」

「しかし……」

組を預かる者としては、そう簡単な話ではない。

遠藤湖夕が渋った。

「気乗りせぬようじゃ。しかたなし。拙者はこの話を組内にしてこよう。仕官の口二つと、嫁入りの先二つを組頭は捨て……」

「止めよ」

尾野の言葉に遠藤湖夕があきれた。

仕官先が二つということは、男二人だけではなく、その妻になる者も出てくる。嫁入りの道具どころか衣服さえまともに用意してやれない貧しい伊賀者の娘が、組内以外に嫁ぐのは難しい。

どこかに女中奉公に出ていくしかないが、伊賀者というだけで、旗本や御家人は嫌がる。いつまで経っても伊賀者は人外化生の者の扱いなのだ。

行き場もなくくすぶっている娘たちに道具立ての心配のない嫁入り先が二つできる。親たちが目の色を変えるのは当然であり、その幸運を無にした遠藤湖夕に憎しみが集まるのは当然であった。

「組頭を脅すな」

「脅したくもなるわ。少し考えてみてくれ。水城さまは義理とはいえ、公方さまの女婿だぞ。しかも惣目付という再置されたお役目に就かれ、加増も受けておられる。惣目付であった柳生《やぎゅう》は一万石の大名になっている。三代将軍家光公のころではないが、水城さまもそこまでいかずとも、三千石や五千石へとご出世なさるのは疑いようもない」

「むうう」

尾野の考えを遠藤湖夕は否定できなかった。

「次の加増、その次の加増……今回の話を断れば、二度と伊賀者に誘いは来ぬ。されど、今回の話を受け、出した者が水城さまのお気に召せば、また声をかけていただける」

「……そうだな」

遠藤湖夕がうなずいた。

「千石で二人、次はまちがいなく惣目付の役高一千五百石でござる。そうなれば、また二人、いや三人くらいは伊賀組から出せる。水城さまは、不思議なほどに忍を忌避《きひ》されない。どころか買ってくださっている」

「藤川に散々やられたからであろうな。ひょっとすると今の大名、旗本のなかで伊賀者のことを、その力をもっともよく知っておられるお方かもしれぬ」

尾野の意見に遠藤湖夕が同意した。

「うむ。水城さまのご要望に応じよう」

「おう、吾が弟を頼むぞ」

「わかっておるわ」

遠藤湖夕が尾野の要求を認めた。


吉宗の御前から下がった聡四郎は、梅の間へと二戸稲大夫を連れこんだ。

「ここは……」

御休息の間からすぐの梅の間に、二戸稲大夫が怖れを見せた。

「惣目付の控えとして与えられた」

「……そこまでご期待をなさっておられる」

二戸稲大夫が驚愕した。

「なんということを……」

今さらながら、二戸稲大夫が震えあがった。吉宗が惣目付にかける期待が、これほど大きいとは思ってもいなかった。

「もう一度言う。公方さまを侮るな」

「け、決して」

二戸稲大夫が何度も何度も首を上下に振った。

「話を詰めよう」

聡四郎が、二戸稲大夫を促した。

「徒目付五十人を補充なさると」

「補充ではない、入れ替えぞ」

まちがえるなと聡四郎が訂正をした。

「入れ替え……お目付衆がお認めになりましょうか」

徒目付を支配している目付が、それを許すとは思えないと二戸稲大夫が首を左右に振った。

「目付が認めるかどうかなど、知らぬ」

聡四郎は徒目付を使わせまいとする目付の姑息さに腹を立てていた。

「公方さまの御諚でもございまする。我らは従いまするが、どのような者をお引き上げなさいまするや」

二戸稲大夫が人選について問うた。

「徒目付の欠員が出たときは、どのようにしていた」

「ほとんどが、小普請支配からの推薦でございました」

聡四郎の質問に二戸稲大夫が答えた。

徒目付は御目見得のできない御家人である。数万いるだけに、奥右筆といえどもすべてを把握などできない。

そこで欠員が出たとき、小普請支配から推薦が出ている者のなかから選んでいた。

「推薦状だけでか」

「…………」

「付け届けだな」

黙った二戸稲大夫に、聡四郎が訊いた。

「……さようでございまする。人品骨柄《じんぴんこつがら》など気にせず、付け届けの多かった者を選んでおりまする」

二戸稲大夫が首肯した。

「たしか徒目付は、武芸の心得が要るのではなかったか」

聡四郎が首をかしげた。

「はい」

「その選びかたでは、武芸などやったこともない者ばかりになるぞ」

「いえ、小普請支配からの推薦状に、剣術で免許だとか、槍が得手《えて》だとかは記してございまする。そのなかから……」

あきれた聡四郎に二戸稲大夫が述べた。

「ふむ。少しはましか」

「それに、徒目付のうち、何人とは定まっておりませぬが、目付衆のご推挙の枠がございまして」

「目付の推挙……なるほど、手足を自ら用意するわけか。定員を満たしているときはどうなるのだ」

「徒目付にはいささか不十分と思われた者を他職へ異動させまする」

人事も把握している奥右筆なればこそできる。

「ふうう」

聡四郎はため息を吐いた。

「他に、代々徒目付を世襲《せしゅう》する家柄が五つほど」

「世襲……あり得るのか」

聞いた聡四郎が絶句した。

「はい。徒目付には、目付衆より隠密御用が命じられることがございまして……そのため、忍の術に長《た》けた者が」

「隠密御用なあ」

聡四郎はなんともいえない顔をした。

目付が隠密を欲しがる理由はわかる。大名家の内情を探るには、密かにおこなわなければならなかった。

「去年の年貢勘定帳を出せ」

こう言って大名の屋敷を訪れても、

「あいにく勘定は国元でいたしております」

「お手元にお渡しいたしまするが、数日の余裕をいただきたく」

わざわざ証拠になるのはこれだと教えているのだ。内容をつごうよく改竄《かいざん》されたり、証《あかし》を処分されたりしてしまう。

これでは監察の目的が果たされない。

「その五家は忍の系統か」

「いえ、伊賀でも甲賀《こうが》でもなく、幕初にそういった役目を与えられて、そのまま家業といたしておると伝わっておりまする」

「さようか。ならば、切り捨てていい」

「よろしゅうございますので」

隠密は不要だと告げた聡四郎に、二戸稲大夫が驚いた。

「かまわぬ。公方さまのお指図より目付を上に置くような輩《やから》は、使いものにならぬ。それこそ、獅子身中《しししんちゅう》の虫《むし》となりかねん」

聡四郎が危惧を口にした。

「わかりましてございまする。では、どのような者どもを選びましょうや」

二戸稲大夫が聡四郎が徒目付にどのような能力を求めるのかと尋ねた。

「三代遡《さかのぼ》って、徒目付になったことのない者を」

「目付衆の影響を排除いたすのでございますな。ですが、それでは武芸についておろそかになるやもしれませせぬ」

聡四郎の出した条件に、二戸稲大夫が懸念を表した。

「それも気にせずともよい。武芸は遣えるにこしたことはないが、なにより旗本の根本である忠義を失っていないことこそ肝心」

「承知いたしました。では、早速に」

二戸稲大夫が引き受けた。

そそくさと梅の間から去っていった二戸稲大夫は奥右筆部屋に入るなり、腰から砕けるように座りこんだ。

「……ふうう」

「いかがなされた、組頭どの」

待ち構えていた配下たちが、二戸稲大夫を囲んだ。

「恐ろしい、恐ろしいお方じゃ、公方さまは」

二戸稲大夫が首を何度も横に振った。

「公方さまは、すべての書付に目を通されている。それだけではない。あのお方は政をご存じじゃ。読んで理解なさっておられる」

「まさかっ」

「勘定もおできになるのか」

うなだれて語る二戸稲大夫に、配下たちが顔を見合わせた。

「一同に聞かせる。我らの首はかろうじて繋《つな》がった。ただし……」

二戸稲大夫が聡四郎の要求を伝えた。

「徒目付の総入れ替え……それは大事じゃ」

「小普請支配からの推薦状を持ってこい」

「家譜もいるぞ」

「徒目付の就任録はどこだ」

奥右筆部屋は、ふたたび喧噪《けんそう》に包まれた。

第三章　殿中暗闘

一

聡四郎を江戸城まで送った後、大宮玄馬は足を速めて下駒込村《しもこまごめ》にある入江無手斎の道場を訪れた。

宿敵浅山鬼伝斎《あさやまきでんさい》との戦いで右手の力を失った入江無手斎は、両腕の力を一撃にこめて鎧兜《よろいかぶと》ごと敵を屠る一放流《いっぽう》が満足に遣えなくなったとして、道場を閉じた。

その道場へ大宮玄馬は、暇を見つけては通っていた。

「変わりなしか」

道場といったところで百姓家《ひゃくしょうや》を改造しただけのもので、入江無手斎の居室と台所を合わせて四間しかない。閉じられている道場の扉を開けるまでもなく、勝手口から覗いただけで、人気《ひとけ》がないのはわかる。

ため息を吐きながら、大宮玄馬は道場へ入った。

「…………」

師範席にあたる床の間に掲げられた鹿島《かしま》大明神の掛け軸に一礼した大宮玄馬は、羽織を脱ぐと脇差《わきざし》を抜いた。

「はあああ、すううう」

口をすぼめて、糸のように息を吐く。そして鼻からやはりゆっくりと吸う。

これを繰り返すことで、気が落ち着き、体内に力が溜まっていく。

「……はっ、てやっ」

気が満ちた瞬間、大宮玄馬は腰を道場の床に着くほど低くし、そこから伸び上がるように前へと踏み出しつつ、脇差を小さく振った。

「さっ、ぬん」

一尺（約三十センチ）ほど薙《な》いだ切っ先を、大宮玄馬が翻《ひるがえ》すようにして撥《は》ね上げて、落とす。

続けて、左右斜めに斬り上げ、斬り下げる。

どの動きも小さく素早い。

「……ふっ」

青眼《せいがん》に戻した大宮玄馬が息を吐いた。

「踏み出しが甘いわ」

「手首だけで刃筋を変えるな。肩腰から動かせ」

かつてであれば、ここで師である入江無手斎が厳しい声を飛ばしてくる。しかし、今は道場にその覇気《はき》はない。

「もう一度じゃ」

「はい」

静かななかにも言われた気がして、大宮玄馬は型を繰り返した。

「……ありがとうございました」

半刻（約一時間）以上、稽古を重ねた大宮玄馬が、荒い呼吸を整えながら上座へ向かって頭を下げた。

大宮玄馬は剣の才能に恵まれた。

「吾が弟子のなかで随一よ。聡四郎、お前は免許までだが、玄馬は奥伝《おうでん》もこえよう」

聡四郎が家督を継いだころ、入江無手斎は愛弟子二人をこう評した。

「だが、玄馬に一放流の免許はやれぬ。あやつは非力じゃ」

辛そうに入江無手斎が首を横に振った。

聡四郎が五尺七寸（約百七十三センチ）に近いのに比して、大宮玄馬は五尺四寸（約百六十四センチ）ほどでしかない。

全身の力、足の指から臑《すね》、膝、腰、背筋、そして腕の力を一つに集めて、上段から一撃を落とす。雷閃《らいせん》と呼ばれる一放流極意の太刀は、兜ごと敵を割る。まさに必殺ではあるが、そのためには少なくとも相手と同じ、あるいは少し高い背丈がいる。下からの斬り上げでは、体重が加算されず、兜を断ち割ることは難しい。

「なんとも惜しい」

入江無手斎も大宮玄馬に奥義《おうぎ》を伝えられない悔しさを見せていた。

だが、大宮玄馬をそのまま腐らせることを入江無手斎はしなかった。

「一放流小太刀を立てることを許す」

入江無手斎は、一放流ではなく、小太刀を大宮玄馬に与えた。いや、与えたというより、許した。己と対等な剣術遣いとして、大宮玄馬を認めた。

師より一流を興《おこ》すことを許される。剣術を学んだ者にとってこれほどの栄誉はなかった。

「ああ」

大宮玄馬は感涙にむせび、そしてより精進するようになっていた。

「師の背中は、いまだに大きい」

稽古を終えた大宮玄馬が呟いた。

「師の背中は、いまだに遠い」

大宮玄馬が一人きりの道場で続けた。

「……もう、師の背中は追わぬ。吾は剣術遣いにあらず。吾は水城家の家人大宮玄馬である。吾が剣は吾が名前のために振るわれることはない。ただ主君を護《まも》るためにある」

聞く者のいないところで大宮玄馬が一人で宣した。

「師よ。一放流小太刀は、吾一人で滅びまする。お許しをいただいたにもかかわらず、後継を育てぬ不遜《ふそん》をご勘弁くださいませ」

大宮玄馬が道場に手をついて詫びた。

「…………」

長く平伏していた大宮玄馬が立ちあがった。

稽古の後、道場を清めるのは弟子の義務である。

大宮玄馬は、道場の板戸を開け、風を通しつつ、雑巾を使って床の掃除を始めた。

「……大宮どのではないか」

無心で拭き掃除をしていた大宮玄馬に声がかけられた。

「どなたか……おう、生田《いくた》氏ではないか」

大宮玄馬が不意に現われた同門の姿に驚いた。

「いや、歩いていたら道場が開いているのを見つけての。師がお見えかと思って来てみたのだ」

生田と呼ばれた同門の弟子が答えた。

「大宮どのは……」

「拙者は稽古に来たのだ」

「稽古……師は居室か」

大宮玄馬の答えに生田が、奥を覗きこんだ。

「いや、師はお留守でな。ときどき来ては、稽古をして、道場の掃除をいたしておるのよ」

床を拭く手を止めて、大宮玄馬が述べた。

「なんともはや、大宮どのらしいの」

生田が道場の縁側へと腰をかけた。

「久しいな。道場が閉じられてから、初めてだな」

その隣に大宮玄馬が移動した。

「水城さまはお変わりないか」

「お変わりない。いや、お子さまができた」

「知っている。公方さまが躬が孫だと仰せになられたと聞いた」

生田が言った。

「ほう、それほど噂になっておるのか」

大宮玄馬が気にした。

「巷《ちまた》は知らぬがの。我が家中では、ちょっとした騒ぎになった」

そう言った生田に、大宮玄馬が思い出した。

「生田氏はたしか、寄合旗本の那須《なす》家にお仕えであったな」

那須家は、かの源平の合戦で平家の立てた扇を射貫《いぬ》いたことで知られる弓の名手那須与一《なすのよいち》の子孫であった。

豊臣秀吉《ひでよし》の北条《ほうじょう》征伐に遅参《ちさん》したことを咎められて一度は改易されたが、名門の断絶《だんぜつ》を惜しんだ秀吉によって五千石で再興された。その後、関ケ原《せきがはら》の合戦で東軍に属した功績もあり、一万四千石と大名に列したが、二代で無嗣《むし》廃絶となった。後に、隠居していた先代に五千石が与えられ、名跡《みょうせき》は復活したが大名には戻れていなかった。

「いかにも」

「……正室に迎えようと」

うなずいた生田に大宮玄馬が低い声を出した。

「お世継ぎさまが、歳回りもよくてな……」

苦い顔で生田が続けた。

「知ってのとおり、先代さまのときに御家騒動があってな」

那須家は五千石の寄合旗本として存続が許されたが、その継承で騒動を起こしていた。

長男が死亡したことで大名の那須家は孫相続となったが、その孫も跡継ぎを儲ける前に死んでしまった。結果、大名の那須家は断絶、隠居した先代資景《すけかげ》をふたたび召し出して、寄合旗本とした。この後を継いだ養子の資弥《すけみつ》の家督相続で問題が出た。資弥は次男ではなく、縁戚の津軽《つがる》家から養子を迎え、後を譲った。

これに反発した次男が、幕府へ相続不当を訴え、裁定により那須家は取り潰されてしまった。

後、やはり名門の名前を惜しんだ幕府は、津軽家からの養子資徳《すけのり》に千石を与えて三度那須家を再興させ、旗本とした。その資徳は死去、息子の資隣《すけちか》が当主となっている。

「千石……」

大宮玄馬が首をかしげた。千石は少なくはないが、さほど羽振りの良い旗本ではない。いかに名門といえども、吉宗の義理の孫の婿には選ばれにくい。

「津軽家から三千石の合力《ごうりき》をいただいておるでな。つごう四千石じゃ」

疑問を感じた大宮玄馬へ生田が説明した。

「なるほど」

四千石ならば、紬の嫁ぎ先としておかしくはなかった。

「大宮どの。どうじゃ、当家と友誼《ゆうぎ》を結んでいただけぬか」

生田が願ってきた。

「あいにくだが、それはできぬ」

大宮玄馬が首を左右に振った。

「なぜじゃ。当家では不満か」

「ではない。主がお役目に就いた。それも惣目付ぞ」

「惣目付……大目付か」

「公方さまの直命でな、すべてを監察する」

「すべてを……」

生田が息を呑んだ。

「監察は、その役目にある間、一族との交流を絶つ。お役目に就いてから、あらたな友誼は結べぬ」

「では、お役目を終えられたら……」

理由を口にした大宮玄馬に、生田が食い下がった。

「それは殿がお決めになること。拙者がどうこう言えるものではない」

大宮玄馬がもう一度首を横に振った。

「……話だけはしてくれるか」

「話だけならば、殿にお伝えしておく」

同門の頼みは断りにくい。また、生田が入江道場の同門弟子として、水城家を訪ねてくれれば、惣目付としてでなければ聡四郎は迎え入れる。聡四郎もかなり厳しくなったが、それでも基本お人好しなのだ。でなければ、同門というだけで御家人の三男を三十石という破格の扱いで家臣として受け入れたりはしない。

不意に来られて、下手な言質《げんち》を取られるより、端《はな》から話を通しておいたほうが、ましだと大宮玄馬は考えた。

「助かる」

生田が喜んだ。

「ただし、まだ那須さまには言うてくれるなよ。下手に城中で声をかけられたり、屋敷へお見えになったりされれば、惣目付として対応なさることになるぞ」

「報告もいかぬか」

主の機嫌を取り結ぶことができれば、出世も望める。生田が惜しそうな顔をした。

「なにかあっても知らぬぞ。紬さまの婿は、公方さまがお選びになるのだ。迂闊《うかつ》なまねは……」

「わかった」

大宮玄馬の脅しに、生田が首肯した。

「では、よろしくの」

これ以上の長居は無用と生田が去っていった。

「師のことを深く尋ねようとはせなんだな」

小さく大宮玄馬が嘆息した。

生田が入江無手斎の弟子であったのは、過去の話には違いなかった。

「遠くなれば、人は忘れてしまう。師よ、どこにおられるのでしょうか」

大宮玄馬がさみしそうに呟いた。

二

奥右筆部屋を追い出された澤司現三郎は、自邸ではなく老中戸田山城守忠真《とだやましろのかみただざね》の屋敷を目指した。

「澤司現三郎でございまする」

奥右筆組頭と老中は縁が深い。仕事で屋敷に出入りすることも多い。戸田山城守の屋敷の門番や用人とは顔なじみである。もちろん、奥右筆組頭を罷免されたと戸田山城守の屋敷の者が知っていれば対応は変わっただろうが、まだそれは表に出ていない。

「どうぞ、お待ちを」

奥右筆組頭の権威に応じた扱いで、澤司現三郎は戸田山城守の帰館を待った。

「なにをしに来た」

戻ってきた戸田山城守は、さすがに澤司現三郎が解任されたことを知っていた。

「ご報告に参りましてございまする」

澤司現三郎が平伏した。

「惣目付に罷免を言われておきながら、よくもぬけぬけと……期待外れであったわ」

戸田山城守が冷たく澤司現三郎を罵《ののし》った。

「申しわけございませぬ。ですが、ご老中さまのお指図に……」

「黙れ。我らに責を押しつけるな。我らは、公方さまのお手を煩《わずら》わせるようなまねをせよとは命じておらぬわ」

言いわけしようとした澤司現三郎を、戸田山城守が制した。

「些細《ささい》なこともお耳に入れよと仰せられたのは、山城守さまでございました」

「聞きまちがえたな。余は詳細の要ることをと申したのだ」

「詳細と些細を……無茶なことを」

「黙れ」

冷たく戸田山城守が、澤司現三郎の口を封じた。

「で、そのような泣き言を言いに参ったのか。なれば、出ていけ。二度と屋敷の門を潜るな」

戸田山城守が手を振った。

「徒目付が解任されまする」

あわてて澤司現三郎が手札を切った。

「……徒目付だと。そのような端役《はやく》など我ら執政のかかわるところではないわ」

鼻であしらって、戸田山城守が切り捨てた。

「すべてだとしても」

「なんじゃと」

付け加えた澤司現三郎に、戸田山城守が驚愕の声をあげた。

「どういうことじゃ、話をいたせ」

「わたくしへの咎めを……」

代償を澤司現三郎が求めた。

「……無理じゃ。惣目付は公方さまの手足。その惣目付が決めたことを引っくり返すことはできぬ」

「ご老中さまなら……」

「阿呆。屋敷で慎めと言われた者が、城中をうろついてみよ。たちまち問題になるぞ。そうなれば、慎みではすまぬ。切腹改易じゃ」

「そこを山城守さまのお力で」

「できるわけないわ」

もし、澤司現三郎に手を貸したのが戸田山城守だとばれれば、吉宗が黙っているはずはなかった。老中を辞めさせられるだけならまだしも、下野宇都宮《しもつけうつのみや》という交通の要から、僻地《へきち》へと移封《いほう》されかねない。

「金をくれてやる。二十両だ」

「せっかくではございまするが、金ではなくお役目をいただきたく」

澤司現三郎が首を左右に振った。

「三年待て、いや二年でいい。だが、さすがに奥右筆とはいかぬぞ」

「二年でございまするか。では」

交渉はなった。澤司現三郎が、聡四郎が奥右筆部屋に来てからのことを語った。

「目付だな。やることは同じか」

聞いた戸田山城守が苦笑した。

「で、これだけではなかろうな。これで役目とは強欲に過ぎるぞ」

戸田山城守が目を鋭くした。

「ご存じないかもしれませぬが、徒目付には代々隠密役を継承する家がございまする。その者たちも今回解き放たれますする」

「隠密だと」

澤司現三郎の言葉に、戸田山城守が食いついた。

「ふうむ」

戸田山城守が唸った。

吉宗が将軍になるまで、老中は伊賀組を隠密御用として思うままに使えた。今でも、その権能は取りあげられていないが、御広敷伊賀者が吉宗に降伏したことで、誰がなんの用で伊賀者に隠密を命じたかが吉宗に伝わってしまう。

「そなた、伊賀組を使い何方《いずかた》かを調べたようだが、いまだにその報告がないのは、どういうことであるか」

吉宗から問われるかもしれない。

「調べさせましたが、なにもなく」

「無駄なことをするな。疑いがあれば、躬に言え」

成果がなければ、無能扱いをされる。

「そなた、隠密まで出して某守のことを探ったようじゃが……かつてのことを恨みに思ってのことではなかろうな」

意趣《いしゅ》遺恨のある相手や、将来出世の敵となりそうな相手のもとへ隠密を出せば、当然のことながら、肚《はら》を探られる。

どちらも執政としてはたまったものではないため、老中たちは伊賀組をほとんど呼び出さなくなっている。

そこへ隠密として使える人材を手に入れられる機会が転がってきた。

「もちろん、誰かわかっているのだろうな」

「ご懸念には及びませぬ」

澤司現三郎がすっと懐から紙を一枚取り出した。

「こちらに」

「寄こせ」

差し出された紙を戸田山城守が奪うように取った。

「……皆、百俵二人扶持か。伊賀者より多いな」

家禄を見た戸田山城守が口にした。

「これならば、隠し扶持をやらずともよいな」

「とんでもないことでございまする。徒目付は百俵のお役目。二人扶持は隠密の修行を続けるための手当」

「十分ではないか。徒目付がしていたのと同じことをするだけぞ」

賄賂に卑《いや》しい奥右筆組頭だっただけに、澤司現三郎は金の力をよく知っている。別に金を出してやらずともよかろうと言った戸田山城守に諫言した。

「徒目付の禄は御上からいただいておるものでございまする」

「老中の命は御上の命じゃ」

戸田山城守が言い切った。

「忠義を御上に向けたままになりまするぞ。公方さまから問われれば、山城守さまのお指図をしゃべりまする」

「むっ」

戸田山城守が詰まった。

「役目を外された恨みはどうなる」

「徒目付は百俵高のお役目だと申しました。役に就いたからといって一文も収入は増えませぬ。つまり、辞めたところで減りませぬ。さらに徒目付からの出世もこれらの者にはないのでございまする。代々徒目付と決められておりますゆえ」

「むうう」

澤司現三郎の話に、戸田山城守は唸った。

「少しでよいか。老中はなにかと入りようでの」

比べるのもどうかと思うが、老中も徒目付と同じで役高はない。およそ五万石で城主であるという慣例はあるが、それ以上の者がなることも多い。

事実、戸田家は六万七千八百五十石を領していた。

執政というのは露骨な賄賂を受け取りにくい。

「季節のご挨拶でございまする」

「先日は、お世話になりましてございまする。これは形ばかりの御礼で」

こういった理由があれば、物も金も受け取りやすい。

それ以外が目立つと同僚や老中の座を欲している者が、嬉々として足を引っ張りに来る。

「御内証がお厳しいのであれば、お役を辞されて領地のことに専念なさればよろしいのではございませぬかの」

老中は天下の政の頂点でありながら、決して裕福ではなかった。

「月に二両も出せばよろしいかと。もちろん、探索にかかわる費《つい》えは別でございまするが」

「二両と費えか……」

頭のなかで戸田山城守が計算をした。

「五人で十両か……」

「他のご老中さまと分担をなされれば」

渋い顔をした戸田山城守に、澤司現三郎が提案した。

「それはいかぬ」

戸田山城守が一言で否定した。

老中同士、吉宗への対策で今は一致しているが、それを終えれば競争相手なのだ。手にした利を、求められてもいないのに渡すようなお人好しは一日もやっていけないのが、幕政というものである。

「やむを得ぬ。十両はとにかく用意しよう」

「ご英断でございまする」

嘆息しながらうなずいた戸田山城守を澤司現三郎が賞賛した。

「ただし、この者どもの説得は、そなたがいたせ」

「承りましてございまする」

戸田山城守の命に、澤司現三郎が首肯した。

「釘を刺すまでもなかろうが、要らぬことはするな」

「……はっ」

澤司現三郎が平伏した。

五人を他の老中にも売りこむ、あるいは手当の上前をはねる。そういった行動を小役人ほど取る。戸田山城守はやれば潰すと暗に告げたのであった。

「では、徒目付の入れ替えがなったときに」

今はまだ勧誘の時期ではない。

己の責任ではないところで役目を解かれた不満、悔しさなどが募っていなければ、なかなかこういった誘いには乗らない。

老中は権力者であるが、徳川家の家人でしかないのだ。将軍の機嫌次第、代替わりなどでその職を失う。

小物ほど一人の権力者の走狗《そうく》となることを避ける。本能として危険を察知しているのではないかと思われるほどである。一人にべったりしてしまったところで、小物など上は気にしてくれないし、危なくなれば最初に切り捨てられる。それでいて上が転《こ》けたら、一蓮托生《いちれんたくしょう》にされる。

もちろん、べったりとくっつき、媚《こ》びを売って、ご機嫌を取って出世を狙うという手もあるが、小物の出世は限界が近い。

なれば、何人かの間をうまく泳いで保身とわずかな立身を望むほうがいい。

どれほど出世して家禄が増えても、改易されれば意味がない。武士は家を護り受け継いでいくものなのだ。

「遅れるなよ」

澤司現三郎と同じことを考えつく者が出てくる可能性はある。人の考えなど、どれほど優れていようともよく似る。

戸田山城守が念を押した。

「お任せを」

澤司現三郎が胸を張った。

三

奥右筆ほど口の堅い者はいない。政のすべてを知るだけに、もし口が軽いと思われたら、たちまち職を放たれるし、下手をすれば口を封じられる羽目になる。

また澤司現三郎も、己の利が徒目付の一件を知っているということだとわかっているだけに、他へ漏らさない。

戸田山城守もわざわざ同僚に塩を送るようなまねはしない。

こうして徒目付の選定が終わるまで、秘密は保持された。

とはいえ、聡四郎が奥右筆部屋に踏みこんだことは、目撃していたお城坊主によって広まっている。そこに澤司現三郎が出仕《しゅっし》してこなくなったことも加わり、城中ではいろいろな噂が飛んでいた。

「公方さまへの策の責任を取らされたとはわかっているが、あまりに大人しい」

御用部屋でも澤司現三郎の話が出た。奥右筆組頭までのぼった者が、あっさり身を退くはずはない。

「他の奥右筆どもに事情を問うか」

老中の執務部屋である御用部屋には、奥右筆が数人常駐している。今は密談中として追い出しているが、呼べばすぐに戻ってくる。

「止められたほうがよかろう」

戸田山城守が首を横に振った。

「どうしてじゃ、山城守どの」

他の老中が問うた。

「わかっておられぬのか」

老中のなかではもっとも年長になる戸田山城守が、怪訝そうな顔をそろえる同僚たちにため息を吐いた。

「惣目付が奥右筆部屋に入った。つまり、それは我らの指図を疑われたからだ。幸い、惣目付は御用部屋へ踏みこんでこぬことから、澤司がうまく責任を取ったのであろう」

「当然じゃな」

「我らは助言しただけじゃでな」

老中たちが顔を見合わせてうなずき合った。

「…………」

あきれた表情を戸田山城守が浮かべた。

「わかっておられるのか。そこへ老中が気になると奥右筆に絡んでみよ、我らがかかわっていたと言っているも同じであろうが」

「公方さまの目がこちらに向く……」

「それはまずい」

戸田山城守に諭されて、老中たちがうろたえた。

かかわりがあると自白することになると気づいた老中たちが顔色を変えた。

「べつに政に影響が出るほどのことではないだろう。たかが奥右筆組頭が一人解任されただけじゃ。我らが騒ぐほどのことではあるまい」

「たしかに」

「山城守どのの言われるとおりである」

老中たちが納得した。

「さて、仕事に戻ろうぞ」

徒目付の一件を知られずにすんだ戸田山城守が、一同へ述べた。


なぜか幕府は旗本、御家人の人数を把握していなかった。それを一元化する役目がなかったからである。それでいて、ちゃんと禄や扶持米は支給され、どこからも文句は出ていない。ゆえに、誰もそのことに気づいていなかった。

「組頭どの、これですべてでございまする」

二戸稲大夫のもとに徒目付候補の名簿が届けられたのは、翌々日の夕刻であった。

それこそ小普請組頭から出されている数千をこえる推薦状を精査し、素行からかつて徒目付に就いたことがないかまでを、一日半ほどで調べあげた。

どれだけ奥右筆が惣目付を怖れたかの証であった。

「ご苦労であった」

受け取った二戸稲大夫が、書付に目を通した。

「これとこれはなるまい」

二戸稲大夫が名簿に墨で線を引いた。

「この者どもは遠国筋じゃ。遠国へ出す者は確保しておかねばならぬ」

遠国筋とは、佐渡や長崎、下田《しもだ》、伊勢《いせ》など地方の奉行所あるいは大坂城代、駿府《すんぷ》城代などの配下として派遣される家柄のことであった。番方《ばんかた》、役方の差はあるが、遠国勤めは嫌われる。誰も屋敷のある江戸を離れたくはない。こればかりは長崎でも同じであった。

長崎奉行は一度やれば三代喰えるとして人気だが、その配下まで裕福になるかというとそうではなかった。長崎奉行所の実務を司るのは、地方《じかた》役人という地元で召し抱えられた者で、江戸から赴任《ふにん》してきた者ではない。

とはいえ、長崎ほどになれば、あるていどの余得はある。といったところで、現地での飲み喰いや女を抱かせてもらえるくらいで、江戸へ帰るときに荷物がはち切れるだとか、懐が重くて歩けないなどというふうにはならなかった。

ようは、御家人の遠国勤務はさみしいだけで、儲からない。どころか赴任のための費用、江戸と任地の二重生活で増える支出など、足が出ることのほうが多かった。となると、行きたがる者は少なくなる。長く小普請組にいる者でも嫌がるのが遠国勤務であった。

当然、役目を求めているなら、文句を言うなという意見も奥右筆から出る。しかし、それを強制できない理由があった。

付け届けである。

役職を斡旋する小普請組頭からの付け届けが、奥右筆に撒《ま》かれているのだ。

「希望していた役職ではございませぬ」

推薦状に書かれている役職ではなかった御家人が小普請組頭へ苦情を出す。小普請組頭も御家人から金を受け取っているだけに、こう言われると弱い。なにより、あの小普請組頭では金を積んでも碌《ろく》なことにはならないとの評判が立ってしまう。

小普請組頭は、その辺の無役の旗本、御家人とは違う。名前が小普請というだけで、かなり高位な役職になり、そこからさらなる出世をしていく。なかには、勘定奉行や、大番頭《おおばんがしら》などに昇った者もいる。一千五百石あたりの旗本にとって、小普請組頭はいわば出世の階《きざはし》、そこで悪評が立てば、先は暗くなる。

「よしなにの」

小普請組頭は、それを避けるため役人の任免に大きな影響力を持つ奥右筆へ、付け届けをした。

もちろん、なかには遠国役でもかまわない、とにかく役目について禄を増やしたい、手当が欲しいといった御家人もいる。そういった者を、奥右筆たちは遠国筋と呼んで、歓迎していた。

「父上も遠国役でござったな」

跡継ぎが嫌がっても、前例だと言えば、それ以上の抗弁は難しい。それでも嫌がれば、前例に従いませぬという役人の伝家の宝刀が抜かれる。

「やむを得ぬの」

前例を無視するのはまずい。小普請組頭も奥右筆の主張を認め、断った御家人に金を返し、二度と屋敷の敷居をまたぐなという咎めを与えることになる。

「そうでございました」

二戸稲大夫の指摘に、配下の奥右筆が納得した。

「よし、渡してくる」

聡四郎の待つ梅の間へと二戸稲大夫が向かった。

徒目付組頭砂川矢地郎から、聡四郎の訪問を報された目付阪崎が大きくうなずいた。

「よくぞ、してのけた」

「お褒めにあずかり、かたじけのうございまする」

砂川矢地郎が誇らしげな顔をした。

「そのときの水城の表情はどうであったか」

目付時任が下卑《げび》た笑いを浮かべながら問うた。

「平然といたしておりました」

「……なんじゃと」

「平然……」

阪崎と時任が意外だと顔を見合わせた。

「徒目付の総意かと問われましたので、さようでございまするとも答えております」

「ふむ」

砂川矢地郎の補足にも、阪崎は心ここにあらずであった。

「その対応に文句を言わず帰ったのだな」

「はい」

それ以上の遣り取りはないなと念を押した時任に、砂川矢地郎が首肯した。

「そうか。ご苦労であった」

手で追い払うように時任が、砂川矢地郎を下がらせた。

「どう思う、阪崎氏」

「それよな」

時任に問われた阪崎が眉間にしわを寄せた。

「強く迫りもせず、引いたというのがの」

「気に入らぬな。惣目付は新設、端から下僚に甘く見られるようでは、話にならぬぞ。それをわかっていてならば、なにかあるぞ」

二人が目をすがめた。

「そういえば、惣目付の控えはどこになったのだ」

「目付部屋には来ておらぬ。大目付の芙蓉《ふよう》の間にも顔を出しておらぬ」

時任の質問に阪崎が答えた。

「芙蓉の間は格が違うだろう」

大目付が詰める芙蓉の間は、他に寺社奉行、奏者番《そうしゃばん》といった大名役から、勘定奉行、町奉行といった旗本の顕職《けんしょく》の控えも兼ねている。

「正式に公方さまからお下知《げじ》が出ぬかぎり、千石ていどの旗本が足を踏み入れられるはずもない」

詰めの間というのは、格式であった。譜代《ふだい》、外様の差だけでなく、石高や経歴などによっても変わる。役職も同じであり、同じ詰めの間であったとしても、奏者番と大目付では部屋のなかでの席に差が生まれ、それが格の差の証明でもあった。

「どこだ……誰ぞ、知っている者はおらぬか」

「……いや」

「聞いてないの」

他の目付たちが首を横に振った。

「坊主に訊くとしよう」

腰軽く立ちあがった阪崎が、襖を開けて顔を出した。

「同朋《どうぼう》」

お城坊主のなかでもっとも下になる者は同朋衆と呼ばれていた。

「これに」

目付部屋にお城坊主は入れない。ただ、いつでも呼び出しに応じられるよう、一人が目付部屋のすぐ側で控えていた。

城中で隠然たる力を持つお城坊主といえども、目付とは対立しない。目付にはお城坊主を咎める力があるからであった。

「……このようなまねを同朋衆が……」

他の役目と違い、目付には直接将軍と話をする権が与えられており、お城坊主にはそれを邪魔する手立てはなかった。

「惣目付の間はどこか」

「梅の間だと聞きましてございまする」

お城坊主が述べた。

「梅の間……まことか」

聞いた阪崎が啞然とした。

「そのように伺いました。確認いたして参りましょうか」

「いや、それには及ばぬ」

あわてて阪崎が手を振った。

お城坊主は一応大奥を除く城中のどこにでも入れるが、さすがに将軍の居室近くには近寄らなかった。使者として御休息の間の手前までは行っても、そうそうあることではないだけに、目立つ。

それこそ梅の間を訪ねられでもしたら、聡四郎に知られることになる。

「……梅の間と聞こえたが」

時任が顔を戻した阪崎に確認をした。

「………………」

無言で阪崎が肯定した。

「御休息の間の側に惣目付の詰め所を作られた……それの意味することは、ただ一つ」

苦い顔で時任が口にした。

「公方さまの御信任」

阪崎が震えるような声で言った。

「徒目付どもに、御諚が出る……」

吉宗が直接徒目付たちに惣目付に従えと命じるのではないかと、時任が怖れた。

いかに目付の配下として長くとも、将軍の意図には逆らえない。

「そのときは、数人を取りこむ」

面従腹背《めんじゅうふくはい》をさせる徒目付を選ぶと阪崎が告げた。

「惣目付が何を調べているかを筒抜けにさせ、我らが先回りをする」

「なるほど」

阪崎の案に時任が手を打った。

「惣目付を出し抜くわけだ」

「そうよ。それが重なれば、いかに公方さまといえども、水城を重用できなくなる。娘婿だから、失敗を重ねても許されるとなれば、公方さまのなさることの大義《たいぎ》が崩れるからの」

感心した時任に、阪崎が語った。

「で、誰に紐《ひも》を付ける」

「言うまでもなかろう、あの五家よ」

「隠密役か。なるほどの。目付の役目は表だけではとてもおこなえぬ。相手も馬鹿ではないからな。見えるところくらいは隠す。その隠された裏を暴くには、隠密の力が要る」

阪崎の言葉に、時任が強くうなずいた。

四

二戸稲大夫を梅の間に招き入れた聡四郎が、名簿を手に取った。

「全部で何人いる」

「五十四人でございまする」

「四人多いか」

「まずいないとは思いまするが、徒目付は余得が少のうございまする。勘定方を希望している者は端から省いておりまするが、それでも就任を拒む者もおりましょう」

「そのぶんも加味しているのか」

聡四郎が奥右筆の周到さに感心した。

「人品骨柄はわからぬか」

「そこまでは」

二戸稲大夫が首を横に振った。

「監察にみょうな者がきては困るのだが」

「辞めさせればよいだけでございまする」

聡四郎の懸念を二戸稲大夫が一蹴した。

「あっさりと申すな」

「合えば使い、合わねば辞めさせる。それが当たり前でございまする。申しあげるまでもございませぬが、大目付や町奉行、勘定奉行といった重要なお役目であれば、それこそ三代どころか、始祖《しそ》まで遡って調べまするが、御家人、しかも五十人からいる徒目付でございまする。そこまでやっていては補充に何カ月かかるかわかりませぬ。やらせてみて、駄目ならば代える。そうしないとやっていけませぬ」

「育てる間はないと」

「ございませぬ。普段でしたら、辞めた者の数に合わせて、一人、二人と採用いたしており、前任者からの引き継ぎあるいは指導が受けられまする。しかし、今回は一気呵成《かせい》の入れ替えでございまする。それも徒目付の経験がない者をとのご依頼。その辺は、呑みこんでいただきませぬと」

二戸稲大夫が、割り切れと言った。

「無理は無理か」

「はい」

そこまでは奥右筆の仕事ではない。二戸稲大夫がはっきりと拒んだ。

「わかった。助かった」

聡四郎は二戸稲大夫をねぎらった。

「いえ。で、その者どもへの連絡はいかにいたしましょう」

役目に就かせるならば、いつどこへ出てくるようにと連絡しなければならなかった。

「何日要る」

「小普請組組頭への連絡に一日、小普請組組頭から当該の御家人に一日、登城の準備に一日、予備を入れて五日ほどいただきたく」

小普請は留守居《るすい》支配から新設された小普請組支配、通称小普請組組頭の所管へと移されつつあった。すでに御目見得以上の小普請はすべて小普請組組頭の支配となり、二百俵以下の御家人たちも留守居支配は、形だけになっていた。

「五日か……」

「それでよい」

二戸稲大夫の組んだ予定に悩んだ聡四郎の前で、梅の間の襖が引き開けられた。

「えっ……公方さま」

「ひえっ」

声のした方へ顔を向けた聡四郎と二戸稲大夫が驚愕した。

「ご報告にあがりましたものを」

聡四郎が、こちらから訪ねたものをとため息を吐いた。

「待ちきれずに来たわ」

「…………」

悪気なく応えた吉宗に、聡四郎が唖然とした。

「先日の奥右筆組頭であったな。たしか二戸と申したの」

「お、畏れ入りまする」

覚えられていると知った二戸稲大夫が恐縮した。

「で、決まったのか」

吉宗が聡四郎に訊いた。

「はい。奥右筆が努力してくれましてございまする」

「そうか」

聡四郎に言われて吉宗が、二戸稲大夫へ目を向けた。

「二戸」

「はっ」

名を呼ばれた二戸稲大夫が額を床に押しつけた。

「減禄の沙汰を取り消す。今後とも励め」

「…………」

二戸稲大夫が肩を震わせた。

「お、畏れながら……」

「申してみよ」

発言の許可を吉宗が与えた。

「そのご温情は、奥右筆全体に賜るのでございましょうか」

「うむ。奥右筆すべてに沙汰をする。一人澤司はならぬがの」

「あ、ありがたく……」

咎めは取り消された。奥右筆たちは、己の筆で己の罪を幕府の歴史に残さずともすんだ。

二戸稲大夫が感涙にむせんだのも無理はなかった。

「で、水城。その者どもをどこに集めて、任命の話をする気じゃ」

吉宗が二戸稲大夫から、聡四郎へと意識を切り替えた。

「分けて、ここでいたそうかと」

梅の間はさほど広くはない。八畳ほどでは、とても五十人は入らなかった。

「新番組《しんばんぐみ》が許さぬぞ」

「……でございますか」

吉宗に言われて、聡四郎は首を小さく左右に振った。

新番組は、小姓組、書院番組《しょいんばんぐみ》に続いてできた将軍警固である。名前の通り設立は新しく、当初土圭《とけい》の間に詰めたことから、土圭間組と呼ばれた。後、五代将軍綱吉の御世、大老堀田《ほった》筑前守正俊《ちくぜんのかみまさとし》が若年寄稲葉《いなば》石見守正休《いわみのかみまさやす》に刺殺されるという殿中刃傷《にんじょう》の影響を受けて、将軍御座が御休息の間へと移動し、詰め所が御休息の間近くの新番所へと移され新番組となった。

御休息の間への出入りを監視し、相手が誰であろうと懸念のある際は、通行を差し止めることができた。

その新番組が、徒目付に選ばれたていどの御家人の、梅の間への通行を認めるとは思えなかった。

「では、吾が屋敷で……」

「目付どもに、恣意《しい》で人を集めたと非難されるぞ」

場所替えを言った聡四郎に吉宗があきれた。

「二戸どの……」

「無理でございまする。もともと五十人などという人数を一気に代えるなど想定されておりませぬ」

助けを求めた聡四郎に、二戸稲大夫が顔色を変えた。

「………」

聡四郎は手詰まりになって、黙った。

「その辺が、そなたに足りぬところじゃ。準備に気を遣っておらぬ。行き当たりばったりでは、政はおこなえぬ。おこなわれては天下が困るわ。よいな、これも学びである。今後の糧《かて》といたせ」

吉宗が聡四郎を諭した。

「心に刻みまする」

聡四郎は至らなさを指摘されて、頭を垂れた。

「二戸、その者どもを五日後に大広間濡《ぬ》れ縁《えん》へ集めろ」

「大広間濡れ縁でございまするか」

吉宗の命を二戸稲大夫が繰り返した。

大広間はその名前の通り、江戸城表御殿で総登城や正月、また武家諸法度の変更などを周知するときなどに、諸大名や役人、旗本を参集させる場所である。そして濡れ縁は、大広間の外側、いわゆる縁側に当たる。

「よろしいのでございまするか。濡れ縁とはいえ、御家人を入れた例はございませぬが」

二戸稲大夫が危惧した。

「別段、正式に目通りを許すわけではない。戦場ならば、目通りが叶う叶わないなど関係ないだろう。先陣からの報告を陪臣《ばいしん》がするなどいくらでもある。鷹狩りでもそうだ。勢子《せこ》や鷹匠《たかじょう》の一部は御目見得以下ではあるが、躬に声を掛けてくるぞ。獲物がいたとか、今、鷹を放てとか」

吉宗は戦の練習になる鷹狩りを好み、将軍となってからも忙しい合間を縫って、品川《しながわ》などへよく出ていた。

「戦陣扱いでございまするか。でございますれば、誰も異は申し立てられませぬ」

二戸稲大夫が首肯した。

泰平になろうが、幕府は戦う者の集まりである。徳川も大名も、戦場で勝って身代《しんだい》を増やした。その果てが将軍という地位なのだ。

「身分が違いまする」

「秩序が保てませぬ」

当たり前だが、吉宗に向かって苦言を呈してくる者はいる。

「将軍としての権威を」

「ご自覚をお持ちいただき」

吉宗を青いと諭す者も出てくる。

「戦場で飛び交う矢玉は、身分で遠慮してくれぬぞ」

すべてはこの一言で終わった。

「それは違いまする」

「今は乱世ではございませぬ」

もちろん、それくらいで折れる者ばかりとは限らない。

「武士は戦う者ではなかったのか。常在戦場こそ、徳川の武士にふさわしい」

徳川の武士と言われれば、それ以上の抗弁はできなくなる。

それを二戸稲大夫はよしとしたのであった。

「うむ。そのように手配りをいたせ」

「承りましてございまする。では、早速に」

吉宗に命じられた二戸稲大夫が、急ぎ足で梅の間を出ていった。

「かたじけなく存じまする」

場所を提供してくれた吉宗に聡四郎が深く頭を下げた。

「気にせずとも良い。どちらにせよ、躬のためになる」

吉宗が手を振った。

「……どれ」

そう言って立ったままだった吉宗が、腰を下ろした。

「うまく使えているようじゃな」

吉宗が二戸稲大夫の座っていた場所を見た。

「助けてもらっておりまする」

海千山千の奥右筆組頭なのだ。聡四郎のような甘い考えの者など、鼻先であしらえる。

「言うまでもなかろうが、ときどき脅せ」

「脅しでございまするか」

将軍が使う言葉ではない。聡四郎は戸惑った。

「そうだ。力の違いを見せつけよ。己の立場が下だと思い知らせよ。それを忘れたとき、配下は隙を窺《うかが》ってくる」

吉宗が告げた。

「抑えすぎては、かえって反発を招きませぬか」

聡四郎が懸念を口にした。

「最初に反発した者を潰せ」

「………………」

ためらうことなく告げた吉宗に、聡四郎は息を呑んだ。

「うまく説得してなどという甘さは出すな。従わぬ者をうまく使ってこそ上役であるなどというのは、戯言《ざれごと》じゃ。その一人にかける手間で、どれだけことを進められるか。使えぬ者を切り捨てるのも政である。まあ、澤司を見せしめにしたところなどは、そなたにしては上出来であった」

「畏れ入りまする」

褒められたら礼を言う。これも臣下の務めであった。

「ただし、そなたは一度身内として取りこんだ者には甘い。不要と思えば、二戸でも遠慮なく捨てよ」

「ご訓令、心に刻みまする」

政の冷徹さをあらためて知らされた聡四郎は手を突くしかなかった。

五

城内でなにか行事のあるときは、目付に報せがいった。これは、城中平穏というなんのことやらよくわからないものが、目付の役目として明記されているからであった。

「五日後に大広間濡れ縁を使うか」

当番目付が届けられた書付を周知するため、声に出して読んだ。

「濡れ縁とは、またみょうなところだな」

阪崎が首をかしげた。

濡れ縁は厳密に言えば大広間ではないが、総登城などで入りきらない数の大名や旗本が集ったときは、その一部として扱われる。実際、大広間濡れ縁が城中での詰め所となっている役職もある。

なにせ旗本八万騎と言われるほどその数は多いのだ。なかには焼火《たきび》の間縁外というわけのわからない場所を詰め所として与えられる者もいる。

「濡れ縁だけか」

大広間まで使うとなれば、総登城に等しくなる。そうなれば、目付の動員も増えた。

「とあるな」

「なんのためだ」

「公方さま思《おぼ》し召しとある」

「……またか」

慣例を無視しまくる吉宗のことを目付は嫌っている。

「惣目付かかわりかの」

「少し調べるか」

当番目付が同僚に諮《はか》った。

「詳細を知らずに、当日慌てるのはよろしくない」

目付はいかなるときにも沈着冷静でなければならないのだ。目付が焦る姿を見せるなどすれば、監察の重みが失われる。

「では、奥右筆に問うてこよう」

阪崎が腰をあげた。

「なれば、吾は坊主どもと話を」

時任が続いた。

政にかかわる書付が積まれている奥右筆部屋は目付といえども許可なく入ることはできなかった。

「目付の阪崎左兵衛尉《さひょうえのじょう》である」

襖の外から阪崎が名乗った。

「あいにく手が離せませぬ。手が空き次第、こちらから参上いたしましょう」

目付の用がなにかはわかっている。二戸稲大夫が時間稼ぎをした。

「……すぐにすむ」

「申しわけございませぬが、御用でござれば」

阪崎の要求を二戸稲大夫は受け付けなかった。

「……むっ」

あしらわれた阪崎が表情に不満を浮かべたが、政に深くかかわる奥右筆への無理強《じ》いは、目付といえどもまずいことになる。

「待っておる」

「…………」

だからといって、おめおめと目付部屋へ帰るわけにはいかなかった。

「奥右筆風情にあしらわれただと……」

他の目付も政の中心にいる奥右筆と老中、将軍家の側近くに仕える小姓と小納戸《こなんど》との敵対は、避けるべきだとわかっている。

そこでしかたないと認めることをしないだけでなく、それを糾弾《きゅうだん》の材料とするのが目付であった。

「手ぶらで帰れるものか」

阪崎は奥右筆部屋前に腰を据えた。

「座りこんだようで……」

出入り口に近いところに席を与えられているもっとも若い奥右筆が、二戸稲大夫へ告げた。

「放っておいていい。我らが多忙なのは嘘ではない」

二戸稲大夫が平然と応じた。

「もっとも、徒目付のこともそろそろ隠しきれないだろう。ここらで目付に恩を売っておくのも悪くはない」

「惣目付さまには……」

「それくらいおわかりであろう。あの公方さまが、娘婿に選んだほどのお方ぞ」

連絡したほうがいいのではないかと懸念を表した配下の奥右筆に、二戸稲大夫が答えた。

大名、旗本の婚姻は表右筆が担当するが、その経緯については奥右筆へ報告される。奥右筆には大名や旗本の家督、役目の就任、離任を管轄する家督補任《ぶにん》係があり、そこで縁戚関係などを確認していた。

聡四郎と紅が婚姻を果たしたのは、まだ吉宗が紀州藩主のころであり、通常の手続きが取られていた。これが将軍になってからだと、奥右筆はかかわれなくなり、すべて表右筆だけでこなされる。

こういった経緯もあり、二戸稲大夫は吉宗が聡四郎を取りこむために、紅を養女にしたと知っていた。

「そのように」

首肯した若い奥右筆が、すぐに役目へと戻った。

そこから半刻、ようやく二戸稲大夫は仕事の隙間を見つけた。

「少し頼む」

二戸稲大夫は、席次の近い老練な奥右筆に声をかけて、奥右筆部屋を出た。

「……お待たせをいたしましてございまする」

殿中席次は目付が上になる。二戸稲大夫が謝罪を口にした。

「御用繁多《はんた》はわかっておる」

不満そうな顔のままながら、阪崎が認めた。

「早速ではございますが、ご用件は」

二戸稲大夫が促した。

「うむ。なにやら大広間濡れ縁の使用があるそうだが、なんのためぞ」

「大広間濡れ縁のことでしたら、惣目付さまよりのお求めによるものでございまする」

「やはりか。惣目付はなんのために大広間濡れ縁を」

「新たな下僚を任じると伺っておりまする」

「……新たな下僚だと。新設か」

「いいえ」

阪崎の問いに二戸稲大夫が首を横に振った。

「……まさかっ」

すぐに阪崎が気づいた。

「徒目付だな」

「そのように聞いておりまする」

確かめる阪崎に、二戸稲大夫が他人《ひと》ごとのように応じた。

「自らの手兵を作るつもりか」

阪崎が頬をゆがめた。

「では、これにて。御用途中でございますゆえ」

二戸稲大夫が奥右筆部屋へ逃げるように入った。

「水城め……」

憎々しげに言った阪崎が、目付部屋へと急いで戻った。


時任は目付部屋前に控えているお城坊主ではなく、老中の執務場所である御用部屋付近で控えているお城坊主を選んだ。

「そこな坊主」

少し離れたところで時任がお城坊主を手招きした。

「これはお目付さま」

お城坊主が小腰をかがめて近づいてきた。

「梅の間について知っておるか」

「存じておりまする」

訊かれたお城坊主がうなずいた。

「惣目付の詰め所となったと聞いたが」

「さようでございまする」

重ねて質問した時任にお城坊主がふたたび首肯した。

「目付部屋の許可は出ておらぬぞ」

城中の空き座敷も目付の管轄になる。少し密談をするていどならば不要だか、続けて使用するときは、あらかじめ目付部屋へ届け出ておくのが慣例であった。そうでなければ、無人のはずの空き座敷に人が入りこんでいるとなり、目付の咎めを受ける。

「公方さまが直接仰せになられたようでございまする」

「……またも公方さまか」

時任が苦い顔をした。

「なにか」

お城坊主がわざとらしく首をかしげた。

「いや、なんでもない」

時任が慌てて否定した。

吉宗への非難と取られれば、目付でも許されない。どころか、他職の者より重い罪になる。

「梅の間に出入りした者が誰かわかるか」

「御休息の間近くでございますれば、わたくしどもも容易に近づけませず」

お城坊主が首を横に振った。

「難しいか」

「はい」

ため息を吐いたお城坊主が首を横に振った。

「……もそっと近《ちこ》う寄れ」

時任がお城坊主に命じた。

「……なんでございましょう」

小声で話ができるくらいまで、お城坊主が近づいた。

「梅の間を見張れ」

「……無理でございまする。梅の間近くはお小姓衆、お小納戸衆の方々が行き来されるところでございまする。そこにわたくしがおるなど、とんでもないことで」

お城坊主が首を横に振った。

どこにでもいる、いても不思議ではないお城坊主だが、それでも将軍居室の側は無理であった。

「なんとかいたせ」

「お名前をお伺いいたしても」

無茶を求める時任に、お城坊主が問うた。

「……なぜ、名前がいる」

時任が身構えた。

「お小姓さま、お小納戸さまに見咎められたときに、お名前を出させて……」

「もうよいわ」

すっと時任が離れていった。

「三《み》つ輪《わ》か」

名前を訊きながら、しっかりお城坊主は時任の紋を見ていた。

目付部屋に慌ただしく帰った阪崎が襖を閉めるのももどかしく、声をあげた。

「徒目付の一部が入れ替えられる」

「どういうことだ」

「惣目付が……」

詳細を話せと求めた当番目付に、阪崎が二戸稲大夫から聞いた話を語った。

「我らの手下に手を出すというか」

目付たちが憤怒《ふんぬ》した。

「戦いを挑まれた」

「このままでは、目付が形骸と化す」

「なんとしてでも惣目付を除くべきである」

次々と抵抗すべしという声が続いた。

「阪崎、その新たな徒目付たちに話を付けられぬか」

当番目付が聡四郎の配下として迎えられる徒目付のなかに、埋伏《まいふく》の毒を仕掛けられないかと問うた。

「弾かれる徒目付たちはどうする」

徒目付を解かれる者たちへの対応が先だろうと阪崎が訊いた。

「いなくなる者など気にしている場合ではない。目付という役目の存亡の危機である」

切り捨てると当番目付が言った。

「……わかった。その覚悟があるならば」

見捨てられた者は、二度と味方にはならない。いや、敵を増やすだけだがいいのかと言った阪崎も、肚《はら》を決めた。

第四章　監察の闇

一

徒目付は、御目見得以下で百俵前後の御家人のなかから武芸に優れた者が選ばれる。

ただ、これはあくまでも表向きの話であり、徒目付五十人のなかにも世襲の家柄があった。

隠密役を拝命する徒目付である。

ひそかに屋敷へ侵入して、話を聞いてくる。なにか証となるようなものを手に入れてくる。あるいは何日にもわたって跡を尾《つ》け、誰と会ったかなどの行動を確認する。

身元を隠すために、職人や商人に身をやつす場合もある。

矜持《きょうじ》が高い御家人が、こういったまねを嬉々としてやるはずもない。

もちろん、剣術や柔術に長けているからといってできるものではなかった。

「隠密をいたせ」

「そのような下人のまねをするなど、神君家康公以来の家柄である拙者にはできませぬ」

「跡を尾けたのでございますが、相手に見つかってしまいまして」

目付に命じられても拒む者や、しくじる者が出てくる。

だからといって、咎めるわけにはいかないのだ。

どちらも武士の任ではないだけに、幕府の礼儀礼法を守るのも役目のうちである目付が押しつけたというのがまずい。

「己でやらず……」

「他人の失敗を叱るならば、まず己でやってみせよ」

粗《あら》探しをするだけに目付の評判は悪い。目付を怖れて面と向かって言う者はまずいないが、陰口にはなる。

そして陰口は、他の目付に食いこまれる隙になる。

だが、隠密役は必須なのだ。

「何々について、そなたに疑義がある。証となるものを差し出せ」

こんな要求をされたら、まずまちがいなく証拠となるものは破棄される。

「なにやら、みょうなことを企《たくら》んでいるようだの。今日は誰と会う。明日はどうじゃ」

そんな質問にまともに答えるはずはない。

それどころか、疑われるとわかった段階でおとなしくなってしまう。

監察というのは、あるていど嫌疑が固まるまで知られてはまずい。

そのうえ、目付というのは旗本の矜持の固まりのような者ばかりである。

「我らに探索などという下卑た役目は……」

「他人の背中を見張れというのか」

結果、目付の嫌がる探索をする者が要るようになった。

しかし、探索の専門家である伊賀者は、将軍あるいは老中の管轄であり、目付には使えない。

「老中の某どのを調べよ」

伊賀者にそう言って動かしたら、

「目付の役を解き、甲府《こうふ》勤番組頭を命じる」

数日後に異動させられかねない。

「監察には独自の探索役が要る」

こうして徒目付のなかに隠密役が生まれた。

「薄田《すすきだ》、新地尾《しんちお》、常磐《ときわ》、西間木《にしまぎ》、坪塚《つぼづか》はおるか」

阪崎がお目付方御用所に顔を出した。

「これは、お目付さま」

すぐに当番の徒目付組頭が気づいて、近づいてきた。

「薄田らに御用でございますか」

徒目付組頭は、徒目付の隠密役があり、誰と誰がそれをやっているかということくらいは知っている。

「ああ」

「あいにく、薄田、新地尾、西間木は他のお目付さまの御用で出ておりまする。坪塚は大手番の日でございまして」

「常磐だけか」

「はい」

回りくどい徒目付組頭に、いらつきを見せながら阪崎が確かめた。

「いつもの空き座敷で待つ」

「ただちに」

常磐を寄こせと言った阪崎に、徒目付組頭が首肯した。

「……………」

お目付方御用所から少し離れた座敷へ阪崎は入った。

「御免をくださいませ。常磐才太郎《さいたろう》でございまする」

待ったというほどでもなく、常磐が来た。

「入れ」

「お邪魔をいたしまする」

許しを得た常磐才太郎がすばやく座敷のなかに身を滑りこませた。

「御用は」

挨拶や世間話などを目付は無駄と嫌う。

常磐が下座に伏して尋ねた。

「なにか知っておるか」

「……なにかと仰せられましても」

さすがに意味がわからないと、常磐が困惑した。

「惣目付、水城のことだ」

「……惣目付さまのことでございますか」

常磐が少し逡巡《しゅんじゅん》した。

「申せ」

阪崎が命じた。

「一度、我らが惣目付さまのお言葉に逆らって以来、まったくかかわりはございませぬ」

「知っている」

無駄にときを使うなと阪崎が急かした。

「その後、奥右筆部屋へ行かれたようで」

「奥右筆部屋か。あやつらはなにも言わなかったぞ」

阪崎が二戸稲大夫との会話を思い出した。

「言えますまい。惣目付さまでございますぞ、お相手は」

「むっ」

常磐才太郎の言葉に、阪崎が詰まった。

目付との遣り取りは、厳秘とされていた。監察役との会話が外に漏れては、誰がなんの罪で疑われているのかも、丸わかりになるからであった。

「そのあたりはどうだ」

「さすがに我ら徒目付が奥右筆さまに問い合わせをするなどできませぬが、それなりには話を集めておりまする。小普請支配からの推薦で幾人かが徒目付になるとか」

「何人くらいか、わかっているか」

「いいえ」

常磐才太郎が首を横に振った。

「大広間濡れ縁のことは聞いているな」

「はい」

確認されて常磐才太郎が首を縦に振った。

「それを見張れるか」

「できまする」

徒目付は城中の巡回もする。さすがに御座の間や御休息の間、御用部屋には近づけないが、大広間くらいならば問題はなかった。

「何人か、名前を覚えて帰れ」

「取りこみまするか」

阪崎の意図を常磐才太郎が理解した。

「取りこむのではない。徒目付は目付に従うのが当然である」

役人独特の言い回しで阪崎が認めた。

「承知いたしましてございまする」

常磐才太郎が承諾した。

徒目付のなかで隠密役を受け継いでいる家は、その前身が町奉行所の同心であったり、甲賀組与力であったり、探索にかかわっていた家柄であった。言うまでもないが、秘密保持の役目ゆえ今では出自の者たちとのつきあいはまったくなかった。

阪崎の指図を受けた常磐才太郎は、その足で大手門横の百人番所へと向かった。

「坪塚、少しよいか」

百人番所の格子窓ごしに、常磐才太郎が同僚に声をかけた。

「ああ」

すぐになかから坪塚と呼ばれた徒目付が出てきた。

「厄目《やくめ》か」

嫌そうな顔で坪塚が言った。

「微妙に音が違うぞ」

常磐才太郎が苦笑した。

「役目を果たし、手柄を立てたとしても、我らはずっと徒目付のままだぞ。働いただけ損ではないか」

徒目付は持《も》ち高《だか》勤めであった。さすがに家禄が少なすぎると加増してもらえるが、代々の家柄は百俵と決められているので、追加は一切ない。そのうえ、他の徒目付は出世して他の役目に転じていけるが、世襲の家柄はなにがあってもそのままである。

無役で小普請組にいるよりはましであるが、先のない日々だとやる気がなくなるのも無理はなかった。

「おい」

誰かに聞かれれば問題になる。いや、目付の耳に入れれば、坪塚の家が潰される。

常磐才太郎が坪塚をたしなめた。

「誰も聞いていない」

坪塚がちゃんと気配は探っていると返した。

「甲賀者もおるのだぞ」

百人番所には甲賀組も詰める。というより、甲賀組が主であった。

「今の甲賀組に盗み聞きできるだけの技があると」

驚いたという風に、坪塚が肩をすくめた。

「…………」

常磐才太郎が黙った。

「伊賀組番所前なら、言わぬがな」

坪塚が付け加えた。

「まったく……」

小さく常磐才太郎が嘆息した。

「で、なんだ」

「阪崎さまからのお指図でな……」

促されて常磐才太郎が語った。

「徒目付の幾たりかを代えるという話か」

さすがに坪塚も知っていた。

「そのなかから、己の手駒になりそうな奴を探せと……」

坪塚があきれた。

「それは徒目付の仕事ではないな」

「お目付さまの……」

「我らはお目付さまの家臣ではない」

上役からの命だぞと言いかけた常磐才太郎に、坪塚がかぶせてきた。

「阪崎さまもお目付になられて五年をこえる。いつ転じられてもおかしくはない」

世襲制の徒目付にとって、目付は代わりのある頭巾のようなものである。いつの間にか古い頭巾はなくなり、すぐに新しい頭巾が載ってくる。ようは、個人への忠誠なんぞ、みじんもない。

なんでもいうことを聞かなくてもよいだろうと、坪塚は言った。

「その通りではあるが……阪崎さまは今はまだお目付であるぞ」

上役には違いないと常磐才太郎が抗弁した。

「それがどうした。我らは隠密御用徒目付だぞ。いかにお目付さまでも我らを辞めさせたり、禄を減らしたりはできぬ」

世襲というのは、たとえ明文となっていなくとも強い。前例という名前の鎧で守られている。たしかに目付には徒目付の監督権があり、非を鳴らして罷免《ひめん》することも、家ごと潰すこともできる。

「追加で隠密役を」

ただ、その後が続かない。

「隠密役を果たせる者がおりませぬ」

奥右筆から返ってくるのは、現実である。

泰平の世になって百年をこえるのだ。今さら武芸の修行に励む者は少ない。ましてや人外化生と蔑《さげす》まれ、一人前の武士扱いさえされない忍の術など、身に付けようと苦行を重ねている者など皆無にひとしい。

「伊賀者から選抜しまするか」

奥右筆が提案するとしたら、それしかない。世襲制の徒目付を設けるとなったころならまだしも、今の甲賀者は忍ではなく、門番に近い。

実際、幕府で忍の技を営々と継承し続けてきているのは、伊賀者だけなのだ。

だが、伊賀者には老中という紐が付いている。

「では、ご自身でお探しくださいますよう」

伊賀者では駄目だと言えば、奥右筆は拒んでくる。

「我らは交換できぬのよ」

みょうな自信を坪塚は持っていた。

「まちがいではないが……あまり上役に逆らうのはどうかと思うがの」

常磐才太郎が苦言を呈した。

「他の連中は……御用で離れられぬか」

坪塚が残り三家にと言いかけて、あきらめた。

「なあ、才太郎」

「どうした、栄大夫《えいだゆう》」

呼びかけられた常磐才太郎が、坪塚に応じた。

「惣目付さまをどう見ている」

坪塚が訊いた。

「どうと言われてもの、我らとはかかわりないからな」

「本気でそう思っているのか」

常磐才太郎の答えに、坪塚が啞然とした。

「我らはお目付さまに言われたことをなすだけ。惣目付さまのことまでは知らぬ。御上からなにかしらのお指図があったわけではない」

正式に幕府から惣目付の指示に従えという命令は出ていない。

常磐才太郎の対応はまちがいではなかった。

「……そうか」

坪塚が息を吐きながら述べた。

「大広間のこと、伝えたぞ」

「ああ。たしかに聞いた」

話は終わりだと告げた常磐才太郎に坪塚が首を縦に振った。

二

御目見得できぬ御家人、それもまだ小普請組に属している者が登城するのは、役目を拝命するときだけであった。

「本日、大広間濡れ縁に控えるよう命じられた小普請組藤原保介《ふじわらやすけ》でござる」

「小普請組中村龍太郎《なかむらりゅうたろう》、大広間濡れ縁まで通りまする」

「あっ」

「えっと」

身分低き者が表御殿へあがるときに使われる御納戸御門を担当しているお城坊主

が唖然となっていた。

当たり前のことだが、呼び出しの刻限は四つ（午前十時ごろ）と決まっている。そこに間に合うように五十人の御家人が集まってきているのだ。二人やそこらのお城坊主で対応できるはずもなかった。

「ま、待たれよ」

お城坊主が顔色を変えて、御家人たちを止めようとした。

「お呼び出しに間に合わねば、なんとなさる」

御家人たちにとっては、その身が浮かぶかどうかの瀬戸際である。城中では下手な役人より力を持っているお城坊主であろうが、気にせずに食ってかかった。

「大事ござらぬ。ここから大広間濡れ縁までならば、さほど遠くはござらぬ。刻限には間に合う。確認を取るまで待て」

お城坊主が必死でなだめた。

まだ五十人には届いていないが、すでに御納戸御門のなかは人で一杯になっている。江戸城へ商品を納める商人など、出ることも入ることもできなくなっていた。

「訊いて参る」

御家人を抑えているお城坊主に、もう一人のお城坊主がそう言って、走り出した。

「急いでくれ」

残されたお城坊主が蒼白な顔色で叫んだ。

目付、徒目付に知られぬようにという聡四郎たちの策は、吉宗の「大広間濡れ縁を使え」との一言で潰《つい》えた。

「問題なし。通してよろしかろう」

お城坊主の問い合わせに、奥右筆が許可を出した。

「……かまわぬとのことじゃ」

「さようか。では、ご一同、付いてこられよ」

お城坊主が口にした。

「ただし、決して珍しいからと、そのへんのものに触れたり、襖を開けたりなさらぬように」

釘を刺して、お城坊主が先導した。

阪崎、五藤ら目付たちが、大広間濡れ縁に近いところで登城してくる御家人たちを待ち構えていた。

「…………」

少しでも気に障れば、目付の権をもって御家人たちを脅しあげよう、あるいは咎めだてて、誰が城中でもっとも恐ろしいかを叩きこんでやろうとしていたのだが、お城坊主に先導されて進む御家人たちの数に、啞然となっていた。

「馬鹿な……」

「何人いるのだ」

阪崎と五藤が顔を見合わせた。

「徒目付の欠員補充ではなく、惣目付配下の徒目付組を創るつもりか」

「あれ全部を抱えこむ……」

二人が震えあがった。

徒目付には、城門を出入りする者の見張り、御目見得以下の者たちの監察、江戸城下の火事場見廻りの補佐、城中巡回などの役目があり、純粋に目付の手伝いをする者は二十人ほどしかいない。目付十人に対して二十人とあれば、一人につき二人しか使えない。

もし、第二の徒目付組、惣目付が支配する徒目付組ができるとなれば、このすべてが監察として使えるのだ。

「勝負にならぬぞ」

「なんとかして、我らの支配も受け入れさせねば……」

目付といえども役人である。己の役目の範疇《はんちゆう》に土足で踏みこまれることをよしとはしない。ましてや、これを見逃すと、いずれ目付も大目付と同じ末路を迎えることになる。

「畳の縁《へり》を踏んだな」

「公方さまにお目通りを願うときの頭の下げかたが足りぬ」

監察の権をすべて惣目付に奪われ、ただ、城中における礼儀礼法を糺《ただ》すだけ、それこそ来たての嫁をいびる姑《しゆうとめ》になる。

しかも、そのていどのことならば下城を停止して、家老を呼び出し、嫌味を言うのが精一杯である。まさか、畳の縁を踏んだからといって、御家取り潰しや減禄などにはできない。

「うるさいだけじゃ」

「重箱の隅を突つきおって」

当然、城中での評判は悪化する。

目付を勤めあげれば、大坂町奉行、京都町奉行など、遠国役でも格の高い役職へ転じていくのが今までであったが、ただの礼法の監視人となれば、とてもそのような立身は無理になる。

「某氏、目付になられたそうじゃ」

「それは……これであがりでござるな」

目付になるのが役人としての終わりということになりかねない。

「五藤氏、奥右筆に確認のうえ、目付部屋へこのことを」

「承知した」

残って監視を続けると言った阪崎に、五藤がうなずいた。

「立ち会い目付の要望はない」

一人になった阪崎が不満を漏らした。

新たな役職を命じられるという儀式に、目付は立ち会うのが決まりであった。もちろん、組頭の屋敷へ呼び出されて、任命を伝えられるだけの下僚や御家人のときは別だが、城中でおこなわれる場合は、まちがいがないかどうかを見張る意味で、目付が同席した。

「惣目付が立ち会うというわけだな」

すべてを監察するとして創設された惣目付と目付の役目はかぶるところが多い。

「苦情も出せぬか」

戦場における手柄の確認、卑怯な振る舞いの監視をするために設けられた軍目《いくさめ》付《つけ》にその端を発する目付の歴史は古い。それこそ、徳川家が天下を獲ってからできた大目付よりも古参になる。

つい先日できたばかりの惣目付など、そういったところでいえば相手にならない。だが、役高が惣目付のほうが高いことからもわかるように、格では負けている。

「我らが立ち会うのが当然」

と文句を付けたところで、

「不要である」

断られれば、それ以上は言えない。

「…………」

立ち会いではないとなれば、大広間濡れ縁に近づくことも避けるしかなく、遠目に様子を窺うことになる。

「常磐どもに期待するしかない」

阪崎が唇を噛んだ。

刻限に近いと梅の間を出ようとした聡四郎に、天井から声がかかった。

「水城さま」

「……遠藤か」

すぐに聡四郎は相手が御広敷伊賀者組頭の遠藤湖夕だと気づいた。

「今から大広間へ出る。あまり余裕はないぞ」

用はなんだと聡四郎が急かした。

「大広間の床下と天井裏に忍ぶ者がおりまする」

「庭之者か」

遠藤湖夕の報告に、聡四郎が思いついた名前を口にした。

「違いましょう。いささか、稚拙《ちせつ》」

忍としては二流だと遠藤湖夕が否定した。

「甲賀者が入りこんでいるということは」

「ないとは申せませぬが……」

遠藤湖夕が戸惑っていた。

「抜けた連中ではないな」

一度、藤川義右衛門の一味が竹姫《たけひめ》と吉宗を狙うために、江戸城へ忍びこんだことがあった。

「あのていどで伊賀者とは申せませぬ」

きっぱりと遠藤湖夕が断言した。

「となると徒目付だろう」

聡四郎は二戸稲大夫から聞かされた隠密担当の徒目付だろうと目途《もくと》を付けた。

「徒目付でございまするか」

遠藤湖夕が戸惑った。

「いかがいたせば」

「気づいているぞと教えてやれ」

「脅せばよろしいのでございまするや」

遠藤湖夕が確かめるように問うた。

「いや、見張っているぞと報せるていどでいい」

聡四郎が首を左右に振った。

「…………」

少しだけの沈黙が遠藤湖夕から返ってきた。

「……我らのことを報せると」

「隠密役専門の徒目付が不要になる。伊賀者が代わりとなってな。そのことに気づいた隠密を承る徒目付たちはどうするか……」

「惣目付さまの軍門に降《くだ》るか、敵に回るか、逃げ出すか」

遠藤湖夕が聡四郎の濁した言葉を続けた。

「公方さまのお考えを汲めぬ者、その想いを無駄と切って捨てる者、改革を受け入れず、己の権益を守ろうとする者」

立ったまま聡四郎は冷たい声を出した。

「そやつらを許さず除くのが、惣目付である」

「承りましてございまする」

聡四郎の宣言に、遠藤湖夕が畏《かしこ》まった。


ぞろぞろと集まった徒目付候補の御家人たちは、初めての登城に緊張していた。

「誰がどこに」

「前列に」

無役の百俵前後の御家人に上下なんぞない。とはいえ、五十人からとなれば、前列と後列、中央と両端にはかなりの差が出る。

城中においてどこに座るかは、後々の前例になる。

今まで決して登城できなかった小普請組の御家人が、濡れ縁とはいえ大広間に座れる。このとき、濡れ縁のどこに座ったかが、将来の家格となるのだ。

「待て、待て。見たところ拙者が歳嵩のようじゃ。座を譲れ」

「なにを言うか。吾が家は三河《みかわ》以来の御譜代ぞ」

「石高はいかほどじゃ。九十俵だと、ふん、話にならぬ。吾は百十俵じゃ」

緊張から黙っていた御家人たちが、口々に騒ぎ出した。

「お静かに、お静かに。殿中でございまする」

案内してきたお城坊主がなだめた。

「なれば、誰がどこに座せばよろしいのか」

「……それは」

御家人に問われたお城坊主が詰まった。

前例、慣例にお城坊主は通じている。だが、どちらもない状況では、それらを決定できる身分でもなく、また責任を負う気もないお城坊主は、まったくの役立たずであった。

「これは使える」

阪崎がにやりと笑った。

城中静謐の維持も目付の役目。騒ぐ者を叱り、咎める権を目付は持っていた。

「静まれ、静まらぬか」

大声で叫びながら、阪崎が大広間濡れ縁へと歩を進めた。

「お目付さまじゃ」

「これはいかぬ」

黒麻裃《かみしも》は目付の証でもある。いかに登城したことのない御家人でも、それくらいは知っている。

あわてて御家人たちが口を閉じ、その場へ座った。

「なにごとであるか」

阪崎が御家人たちを見下ろすように立った。

「…………」

御家人たちはうつむいて、誰も応じなかった。

「同朋、これはなんであるか」

「なにかと仰せられましても、わたくしにもよくわかっておりませぬ。ただ、奥右筆組頭さまにお問い合わせをいたしましたところ、ここへ案内するようにと」

「奥右筆組頭だと……」

お城坊主の言いわけに阪崎が怪訝な顔をした。

である。


「惣目付ではないのか」

不審な顔を露骨にした阪崎が言った。

目付は監察という役目柄、敬称を省くのが通例であった。もちろん、老中は別である。

「わたくしは存じませぬ」

「そなたらは、なぜここにおる」

お城坊主から得られることはもうないと阪崎は、矛先を御家人たちに向けた。

「…………」

「言えぬならば、不審なる者として咎めるぞ」

阪崎が脅した。

「お目付さまとお見受けいたしまする」

ようやく一人の御家人が口を開いた。

「まず、名を名乗れ」

「小普請組遠山《とおやま》美濃守《みののかみ》さまが支配、狭川《さがわ》恭造《きょうぞう》と申しまする」

阪崎に問われて御家人が答えた。

「狭川か。覚えた」

「…………」

目付に覚えられて碌なことはない。狭川恭造と名乗った御家人が頬をわずかに引き攣《つ》らせた。

「なぜ、ここにおる。小普請組の者が登城することは認められておらぬぞ」

阪崎が険しい口調で詰問した。

「お召しでございまする」

「……誰のだ」

「本日四つに登城し、大広間濡れ縁まで来るよう、御支配の美濃守さまより伺いましてございまする」

「誰のと訊いておる」

「拙者である」

いらだった阪崎の背中に聡四郎が声をかけた。

「惣目付……」

「なにか不都合でも」

知っていて聡四郎は訊いた。

「この者どもが城中静謐を破っておったのだ」

「さようか」

「なっ……」

あっさりと流した聡四郎に、阪崎が唖然とした。

「一同、ここは城中である。今後はこちらから指図するまで、口を閉じてその座にあるようにいたせ」

「は、はいっ」

阪崎の追及から逃れられた狭川恭造が、大声でうなずいた。

「同朋どのよ、ご案内かたじけない。これで戻っていただいてかまわぬ。御礼は後日」

「では、これにて」

お城坊主も嬉々として離れていった。

「さて、一同」

「待て」

平然と話を進めようとした聡四郎を阪崎が制した。

「これはなんだ」

阪崎が御家人たちを見た。

「今度、徒目付となる者どもである」

すんなりと聡四郎は答えた。

「徒目付……こんなにか。新しい徒目付の組を創ると」

「なにを申しておる。誰が徒目付の組を創ると申した」

確める阪崎へ聡四郎があきれてみせた。

「……そんなことがあるのか」

気づいたらしい阪崎が目を大きくした。

「徒目付をすべて入れ替えるつもりか」

「お役を果たさぬ者をそのままにしておけと」

聡四郎が驚きを消せていない阪崎に応じた。

「徒目付をすべて辞めさせるなど……できるわけなかろうが」

阪崎が激した。

「うるさい。目付のそなたがもっとも騒がしいわ」

大広間上段の間の襖を開けて、吉宗が加納遠江守と太刀持ちの小姓を供に姿を見せた。

「く、公方さま」

「あのお方が……」

「ひえっ」

「あう」

吉宗の登場に、阪崎はもちろん、御家人たちも絶句した。

「そなた、阪崎と申したの」

「はっ」

吉宗が覚えているぞと阪崎に告げた。

「なにができぬと」

「…………」

「躬にできぬことがあると」

「いえ、そのようなことは」

鋭く言われた阪崎が引いた。

「ないな」

「ございませぬ」

まだ重ねた吉宗に、阪崎が従った。

「ならば、下がれ」

「しばし、しばし、ご猶予を」

手を振った吉宗に、阪崎が膝を突いて願った。

「なんじゃ」

「城中静謐を乱した者ばかりでございまする。このような者どもは監察たる徒目付にふさわしくございませぬ」

促した吉宗に、阪崎が上申した。

「なるほど。そなたの言うところも当然である」

「さすがのご賢察でございまする」

うなずいた吉宗に、阪崎が喜色を浮かべた。

「惣目付」

役職で吉宗が聡四郎を呼んだ。

「はっ」

聡四郎が両手を突いて、傾聴の姿勢を取った。

「目付の言に理があると躬は思うが、そなたはいかがか」

「たしかにまだ役目に就いておらず、登城さえいたしたことのない者とはいえ、城中で騒いでよいかどうかくらいはわかって当然かと存じまする」

聡四郎も認めた。

「では……」

阪崎が顔をあげた。

「しかし、ここにおる者すべてが騒いでいたとは思えませぬ」

「ふむ」

吉宗が顎で聡四郎に先を言えと命じた。

「騒いでいた者を特定し、その者どもは目付に引き渡すべきかと」

「まことにしかるべき答えである」

聡四郎の発言を吉宗が認めた。

「…………」

「阪崎、そなたが告発いたしたのだ。いたすがよい」

吉宗が黙っている阪崎に命じた。

「全員ではいけませぬか」

阪崎が吉宗の顔色を窺った。

「監察がもっともしてはならぬことが、冤罪《えんざい》を生むことである。まちがえて罰せられた者は、二度と法度に従わぬようになる」

「はい……」

吉宗の正論に阪崎は首肯するしかなかった。

「そなたしか誰が騒いでいたかを見ていた者はおるまい」

「はい」

お城坊主もと言えば、当然調査がされる。そこで阪崎との間に齟齬《そご》が出れば、疑いを受けることにもなりかねない。

阪崎は首を上下に振るしかなかった。

「では、一度この者たちを別のところで、取り調べて……」

「躬は忙しい」

「へっ」

吉宗に言われた阪崎が、間の抜けた声を出した。

「気づいておらぬのか。そもそも、なぜ躬がここに来たか考えてみよ」

「…………」

阪崎が混乱した。

「誰が主かわかっておらぬ愚か者がおるから、徒目付を入れ替えねばならぬことになる。上役を主人と感じ、躬の決めたことに従わぬ者がおるなど、論外である」

言外に吉宗が、徒目付をそそのかした目付を非難した。

「その者どもを取り締まることなく、濡れ縁で騒いでいた者だけを咎める。目付とは気楽な仕事よな」

「それはっ……」

皮肉られた阪崎が顔色を変えた。

「さて、今すぐに、騒いでいた者を特定いたせ」

「……はっ」

将軍の指図となれば、逆らうことはできなかった。

一礼した阪崎が、歳嵩の御家人、三河以来の家柄と自慢していた御家人、百十俵だと自慢していた御家人を引きずり出した。

「その三人か」

「…………」

吉宗に見つめられた三人が滝のような汗を流した。

「阪崎とやら、その者どもをどのように咎める」

「三十日ほどの閉門が妥当かと」

「うむ。よかろう」

吉宗が阪崎の意見を認めた。

閉門は咎めとしては軽いが、しっかりと奥右筆のもとで記録が残る。ましてや、推薦されて初日に将軍直々に罪を認められたのだ。推薦者である小普請組頭の顔は丸つぶれになる。

「二度と門をまたぐな」

小普請組頭が激怒するのはまちがいない。とはいえ、勝手に組から放り出すわけにはいかないので、できても出入り禁止くらいだが、そうなれば二度と推薦は受けられなくなる。

「…………」

まさに致命傷といえるが、三人は抗議の声もあげなかった。

将軍が認めているのだ。それに文句を付けたりすれば、今度は家が危なくなる。

「連れていけ」

吉宗がふたたび手を振った。

「はっ」

阪崎が頭を下げた。

「では、御免を」

　これで終わったと阪崎が立ちあがった。

「ああ、阪崎」

「なにか」

　将軍から声をかけられて、立ったままでの応対は礼儀に反する。阪崎がもう一度膝を突いた。

「言うまでもなかろうが、その三人を咎めるならば、惣目付の命を聞かなかった徒目付どもも咎めよ」

「わかりましてございまする。なれど、わたくしはその徒目付を知りませぬ。惣目付に人定を願っても」

　さきほどの意趣《いしゅ》返しを阪崎が企んだ。

「……愚か者が」

　吉宗の声が低くなった。

「遠江。適当に見繕え」

「はっ」

　すでに話はできていたのか、加納遠江守がすっと立ちあがって歩き出した。

「そなたはもうよい。下がれ」

吉宗が不機嫌さを隠そうともせず、阪崎を追い払った。

「……はっ」

将軍に退出を命じられて、食い下がるのはより一層の怒りを買う。

阪崎が加納遠江守の行く先を気にしながらも、御家人を引き連れて大広間濡れ縁から去っていった。

「水城」

「畏れ入りまする」

始めよと言われた聡四郎が一礼して、御家人たちの方へ向き直った。

「惣目付、水城聡四郎である」

「ははっ」

吉宗が見ているだけに、御家人たちは震えながら応じた。

「そなたたちは、このたび公方さまのお指図により、徒目付となる。異論のある者、辞退したい者は申し出よ」

「…………」

将軍の目の前で、そのようなまねができるはずもない。御家人たちは誰も声をあげなかった。

「徒目付の役目については、存じておろう。御家人の非違《ひい》監察、城中の見廻り、お城諸門を通行する者の監視である。その他に、惣目付、目付の指示を受けて、監察、探索、隠密の任もある」

「隠密……」

予想していなかったのか、誰かが驚きの声を漏らした。

「わからぬことは、訊けばよい。遠慮はいたすな。惣目付は城中梅の間に控えておる。もちろん、お役目でおらぬことも多い。そのときは、屋敷まで来るように。拙者の屋敷は本郷御弓町にある。さて、なにか今、問いたいことはあるか」

聡四郎が話を終えて、質問を許した。

「よろしゅうございますや」

後列に座っていた壮年の御家人が、許可を求めた。

「構わぬ。名乗りを先にいたせ」

「かたじけのうございまする。小曾川久衛《おそがわきゅうえい》にございまする」

聡四郎の求めに応じて、壮年の御家人が名乗った。

「徒目付の役目をどのようにこなせばよいのか、申しわけなき仕儀《しぎ》ながら、存じませぬ」

「ふむ、そうであったな」

目付や徒目付とのしがらみを嫌って、三代にわたり徒目付を務めていない家柄から選抜したのだ。なにもわからないのは当然であった。

「しばらくの間は、こちらから指示をいたす。その間に、先達《せんだつ》から聞け」

「はっ」

手探りなのは聡四郎も同じであった。

「明日より、五つ（午前八時ごろ）前に登城いたせ。小曾川、そなた十人を選び、宿直をいたせ」

「はっ」

「諸門の監視は……そこの桔梗《ききょう》紋を付けている者、そなたが配分いたせ。内郭《うちぐるわ》門だけでいい。一人ないしは二人出せ。本日の下城より明日の登城までを任といたす」

「岩下嘉門《いわしたかもん》。承りましてございまする」

桔梗紋の御家人が頭を垂れた。

「励め」

割り振りを見終わった吉宗が、これ以上執務を離れるわけにはいかないと大広間を去っていった。

「…………」

平伏して聡四郎と御家人たちが吉宗を見送った。

「とりあえず、徒目付の溜まりへ参る」

吉宗の姿が消えてしばらく平伏を続けた聡四郎が、腰をあげた。

三

床下で話に耳をそばだてていた徒目付坪塚は、背中に刃を突きつけられるまで遠藤湖夕に気がつかなかった。

「声を出してもよいぞ。末期《まつご》になるがな」

低い声で遠藤湖夕が坪塚に告げた。

「…………」

坪塚が無言で固まった。

「城中で不審なまねをするとは、思い切ったことだ」

遠藤湖夕が笑った。

「伊賀者……」

「我らでよかったの。庭之者に見つかっていたならば、死んでいた」

坪塚の推測を遠藤湖夕が認めた。

「庭之者なら殺されていた……まさか、伊賀者が惣目付さまの」

「察しのいい者は嫌いではないが、口の軽いのはいただけぬな」

わざと遠藤湖夕は坪塚の予想を否定しなかった。

「誰に頼まれたとは訊かぬ。そなたもう徒目付ではなくなるだろうしの」

「わかっている」

坪塚は吉宗が出てきたことを知っている。将軍を怒らせたら、御家人など一瞬で消し飛ぶ。

「これ以上かかわるならば、覚悟せい」

言い残して遠藤湖夕の気配が消えた。

「……話にならぬ」

世襲の隠密御用徒目付などとうそぶいたところで、伊賀者の前では赤子同然でしかなかった。坪塚が肩を落とした。

「報告も不要だな」

坪塚が床下から動いた。

同じように天井裏にいた常磐才太郎は、吉宗が出てきたところで逃げ出した。

「冗談ではないわ」

将軍の頭上に御家人がいたなど、無礼を通りこす。

「慮外者《りよがいもの》」

叱られるだけならまだいい。切腹あるいは半知《はんち》召しあげくらいですむ。

「公方さまのお命を狙って忍んでいた」

前例があったばかりで、幕府は神経を尖《とが》らせている。

それこそ切腹も許されず、斬首、家は改易、家族は死罪あるいは遠島と、幕臣として最悪の結末を迎えることになる。

「……ふう」

天井裏から空き座敷の押し入れへ降りたところで、常磐才太郎が安堵のため息を吐いた。

「逃げたつもりか」

その常磐才太郎の背中に氷のような声が落ちてきた。

「ひっ」

押し入れのなかで、常磐才太郎が悲鳴をあげた。

「静かにできぬなら、黙らせてやろうか」

後ろから御広敷伊賀者菅原《すがわら》草太郎が囁《ささや》いた。

「なにも言わずともわかっておろうな」

「拙者はなにも見ていない、聞いていない」

常磐才太郎が必死に首を横に振った。

「違うだろう。おまえは大広間に近づかなかった」

菅原草太郎が棒手裏剣の先で常磐才太郎の盆《ぼん》の窪《くぼ》を突いた。

「……た、助けてくれ」

常磐才太郎が命乞いをした。

「大広間には……」

「近づいてない、近づいてない」

淡々と言う菅原草太郎に、常磐才太郎が泣きそうな声で繰り返した。

「……だから、助けてくれ」

常磐才太郎が願うように言った。

「なあ……いない」

震えながら振り向いた常磐才太郎が腰を抜かした。

吉宗からの合図を受けた加納遠江守は、お目付方御用所へと足を運んだ。

「御側御用取次、加納遠江守である。組頭はおるか」

加納遠江守がお目付方御用所の前で大声をあげた。

「ただちに」

御側御用取次といえば、将軍吉宗の側近中の側近である。徒目付の権能など、振り回したところで足下にも及ばない。

徒目付組頭が、あわてて廊下へ出て小腰を屈めた。

「御用でございましょうや」

「公方さまのお使者である」

用件を問うた徒目付組頭に、加納遠江守が重々しく告げた。

「ははっ」

徒目付組頭が一歩下がって、平伏した。

「御諚を伝える。よく、承れ」

「ははっ」

廊下にいる徒目付組頭だけでなく、開いた板戸から見えるお目付方御用所内の者どもも平蜘蛛《ひらぐも》のように腰を折った。

「思し召すことこれあり、徒目付一同の役目を解き、慎みを命じる」

「なっ」

「ま、まさかっ」

徒目付たちがさすがに動揺を見せた。

「御側御用取次さま」

あまりに身分が違うときは、官名、姓名を呼ぶことさえ無礼になる。

徒目付組頭が、加納遠江守を役名で呼んだ。

「なぜでございましょう」

「それを問うか。愚かなり」

加納遠江守が徒目付組頭にあきれた。

「…………」

「公方さまはお怒りである」

「……くっ」

徒目付組頭が、小さくうめいた。

「そなたらは、誰から禄をもらっているのか、わかっておらぬ。躬が指図より目付がありがたいならば、退身を許すとも仰せである」

「退身……」

「あああ」

徒目付たちが絶句した。

「我らは目付さまの支配でございまする。その目付さまより命じられたことには従わねばなりませぬ」

しかたなかったと徒目付組頭が、言いわけをした。

「ならば目付がそなたらに命じたという証を出せ。口頭ではいかぬ。公方さま直々にお命じになられた惣目付の指図に従うなと書かれたものを出せ。それがあるならば、余が公方さまにご寛恕《かんじょ》を願ってやってもよい」

「……そのようなものはございませぬ」

加納遠江守の言いぶんに、徒目付組頭が肩を落とした。

「では、お目付さまにお咎めは……」

「証がない」

徒目付組頭の質問に、加納遠江守が答えた。

「では、我らが惣目付さまのお指図を断ったという証もございませぬ。書付など書いた覚えはございませぬ」

同じ理屈が通るはずと徒目付組頭が、顔をあげた。

「……惣目付が誰かわかって申しておるのか」

「もちろんでございまする……」

嘆息する加納遠江守を、徒目付組頭が怖れた。

「惣目付の水城は公方さまの娘婿である」

「そんなっ……」

露骨な身びいきに、徒目付組頭が啞然とした。

「当然であろう。しかも水城はそなたたちが従わぬとして、奥右筆へ新たな徒目付の任用を求めに行っておる」

「ですが……」

「黙れ、阿呆」

加納遠江守がまだ抗弁を続けようとした徒目付組頭を叱りつけた。

「あ、阿呆……」

愚か者と言われることはあっても阿呆と罵られることはまずない。徒目付組頭が一瞬呆《ほう》けた。

「わかっておらぬにもほどがある」

「……なにがわかっておらぬと」

徒目付組頭が、情けないと嘆息した加納遠江守に尋ねた。

「なんのために公方さまが、惣目付という役目をお創りになられたか、その意味をまったく理解しておらぬ。いや、家臣として主君の意を汲もうともせぬ。そのような輩が役に立つわけなかろうが」

「……ぐっ」

まさに、ぐうの音《ね》も出ない。

徒目付組頭は反論できなかった。

「もうよいな」

「畏れながら……」

お目付方御用所のなかから加納遠江守に声をかけた者がいた。

「なにか」

「わたくしどもはどうなりましょう」

壮年の徒目付が問うた。

「そなたらの代わりはすでに決まっておる」

「……っ」

もう居場所はないと加納遠江守に突きつけられた壮年の徒目付が唇を噛んだ。

「公方さまへのお詫びは叶いませぬか」

壮年の徒目付がすがるような目をした。

「目通りできぬ身分で、どうやってお詫びをする。まさか、格式を破ってお目通りをなどと申すのではなかろうな」

「と、とんでもないことでございまする」

壮年の徒目付が慌てた。

「新たなる徒目付の衆には、引き継がねばならぬこともございまする。お目付さまから命じられている任もございますれば」

「…………」

無言で加納遠江守が先を促した。

「引き継ぎをなさせていただきたく」

壮年の徒目付が願った。

「ふむ。そなたの申すことも一理あるの」

加納遠江守が認めた。

「どれくらいかかるか」

「すべてとなりますると、十日はかかりまするが、一通りでよろしければ三日でなんとかいたしまする」

期間を問われた壮年の徒目付が述べた。

「よかろう。三日の間、そなたの登城を許す」

吉宗の代理としての権を加納遠江守が使用した。

「御側御用取次さま、わたくしも」

「拙者も」

次々と徒目付たちが参加したいと申し出た。

「そなた名は」

加納遠江守はそれに応じず、壮年の徒目付に問うた。

「蜂屋左門《はちやさもん》でございまする」

「そうか。では、蜂屋、そなた十人選んで残せ。そなたに任せる」

「……はっ」

一瞬、その面倒さにひるんだが、断れば己も終わる。蜂屋左門が首肯した。

「引き継ぎならば、わたくしが」

割りこむようにして徒目付組頭が、加納遠江守に顔を向けた。

「組頭は許されぬ」

「な、なぜでございまするか。徒目付のことをもっともよく知る者こそ、組頭でございまする」

「なんのために二百俵という、徒目付の倍にあたる禄をいただいているのだ」

「それは徒目付どもをとりまとめ、役目を無事に果たさせるため……」

加納遠江守に訊かれた徒目付組頭が告げた。

「違う」

きっぱりと加納遠江守が否定した。

「頭というのは、責任を取るためにある。配下がなにかしたときの責を負うために、高禄と頭という格を与えられているのだ」

「……責任を取るため」

「そなたは、目付からどのような話があろうとも、それに従ってはならなんだのだ。聞けませぬと断り、それでお役目を外されようともな」

「…………」

「さすれば、公方さまがお気に召してくださったであろう。信賞必罰《しんしょうひつばつ》、これこそ政の根幹であり、公方さまはこれをおろそかにはなさらぬ」

黙った徒目付組頭に加納遠江守が断じた。

「蜂屋、後は任せる。残す者が決まれば、その者どもの名前を奥右筆に届けておけ」

残される者は、明日からも城中にいられるが、そうでない者は登城できなくなる。許可なしに登城すれば、勝手として咎められた。

「はっ」

蜂屋左門が、手を突いた。

目付部屋へ戻った阪崎は、五藤の姿を探した。

「五藤氏」

「阪崎氏……いかがであった」

「そちらこそ、どうだった」

奥右筆部屋の様子を阪崎が問うた。

「……いつもの通りであった」

五藤が悔しそうな顔をした。

奥右筆部屋への立ち入りは、目付にもできなかった。

「惣目付は入っても、目付はならぬか」

阪崎が苦い顔をした。

「ふざけたことを。奥右筆どもめ」

「それより、大広間はどうであった」

五藤が訊いた。

「…………」

ぐっと阪崎が手を握りしめた。

「なにがござった」

その様子に五藤が声を低くした。

「すまぬ、皆、集まってくれぬか」

阪崎が五藤に答えず、部屋にいた目付を呼び寄せた。

「…………」

気になっていたのだろう、部屋には目付に補されている十人が揃っていた。

「大声は出したくない、もう少し寄ってくれ」

もっと近くへと阪崎が求めた。

もともと一人で役目をこなすことが多い目付は、集まることに慣れていなかった。

「このへんでよいか」

「けっこうだ」

間合いを測りかねた目付の確認に、阪崎がうなずいた。

「では、ご一同……」

阪崎が一人一人の顔を見渡した。

「……大広間で徒目付総入れ替えの儀がござった」

「馬鹿なっ」

「やはりか」

「…………」

阪崎の言葉に目付たちは、驚愕する者、予想していたと苦い顔をする者、気にしないと平然を装う者の三つに分かれた。

「しかし、現実に総入れ替えなどできまい。五十人の徒目付のうち何人かは、我らが命に応じて出ているのだぞ。その辺りをどうすると」

目付の一人が怪訝な顔をした。

「第一、惣目付一人で五十の徒目付は要るまい。結局は我らの下で働くことになるのだ。総入れ替えする意味はなかろう」

長く目付を務めている歳嵩の目付が首をかしげた。

「甘いわ。惣目付によって小普請組から脱せられたのだ。今度徒目付になった者たちが、誰に忠誠を捧げると思う」

五藤が首を横に振った。

「むっ。では、我らの指図に従わぬと」

「さすがにそれはないだろうが、今までのようになんでもというわけにはいくまい」

歳嵩の目付の不満に阪崎が答えた。

「だが、我らの支配を受けるのが、徒目付である。さすがに惣目付でも、それは邪魔できまい」

「たしかにそうであるな」

五藤が歳嵩の目付の言葉に同意した。

「…………」

「どうした、阪崎氏」

黙った阪崎に、五藤が怪訝な顔をした。

「無理だ」

「なにがだ」

五藤が阪崎の一言に反応した。

「公方さまが……大広間に公方さまが臨席された」

「なんだとっ」

「御家人どもにお目通りを許されたのか」

目付たちに衝撃が走った。

「徒目付は使えぬぞ。公方さまにお目通りなど、御家人としては末代までの栄誉。それを賜ったとなれば……」

「惣目付の走狗となるな」

目付たちが愕然とした。

第五章　雌伏の客

一

藤川義右衛門は、目の前にいる鞘蔵《さやぞう》を見ていた。

「志方《しほう》も来なかったの」

「やられたのでございましょう」

ため息を吐いた藤川義右衛門に鞘蔵が首を横に振った。

「味方と金のほとんどを失ったな」

一時は無頼《ぶらい》も含めれば、江戸で百に近い配下を抱え、月に千両をこえる揚がりを手にしていた藤川義右衛門だったが、その姿は見る影もなくなっていた。

「おまえだけが残ったな」

「残念ながら……」

鞘蔵が肩を落とした。

御広敷伊賀者を抜けた者、伊賀の郷《さと》から逃げ出した者、忍として十二分な技量を持った連中を使って、江戸の闇を支配し、表である将軍吉宗に対抗しようという藤川義右衛門の狙いは、潰《つい》えた。

「いささか逸《はや》ったの」

淡々と言いながらも、藤川義右衛門の拳は握られていた。

「水城が江戸を離れていたのでござる。まさに好機であったかと」

鞘蔵が慰めるように言った。

聡四郎が道中奉行副役となって、その家士で小太刀の遣い手大宮玄馬とともに江戸を離れたのだ。留守宅の警固が薄くなったのはたしかであった。

ただ、入江無手斎の腕が警戒していた以上であったことと、引退はしていたが伊賀の郷でも腕利きとして知られた山路兵弥《やまじひょうや》、播磨麻兵衛《はりまおへえ》が水城家に加わっていたという誤算が、明暗を分けた。

躬の義理の孫と宣言した紬を掠《さら》ったことで、吉宗を激怒させ、幕府を完全に敵に回してしまい、町奉行所、火付盗賊改《ひつけとうぞくあらため》の探索が厳しくなった。

それだけではなかった。吉宗の指示を受けた寺社奉行、目付も寺社、大名屋敷の手入れに動いたのだ。

もちろん、捕吏《ほり》に見つかったところで、捕まるような失策を犯す伊賀者はいないが、無頼として甘い汁を吸っていた縄張りは維持できなくなった。

縄張りの収入源である賭場《とば》、岡場所を潰されては、金が入ってこない。伊賀者だけならば、盗賊に身をやつせば喰えるが、配下に取りこんだ無頼たちが付いてこなくなった。

渡世の義理だとか、親分子分の絆だとか言ったところで、そんなものはまともでない無頼にとっては寝言でしかない。金をくれるから従っているだけの無頼たちが、藤川義右衛門を見限るのは当然のこと。たちまち縄張りは崩壊した。

「見つけ出せ」

「逃がすな」

そこへ、藤川義右衛門ら抜忍《ぬけにん》のおかげで冷遇された御広敷伊賀者が襲いかかった。

「一度、江戸を離れる」

一対一で負けることはないが、数でいえば御広敷伊賀者が多い。なにより、江戸の伊賀組、伊賀の郷の両方が吉宗に膝を屈したことで、新たな戦力の追加が望めなくなった。

戦力のつぶし合いとなれば、藤川義右衛門に勝ち目はない。

勝てぬとわかったとき、さっさと背を向けられるのが伊賀者である。こうして、伊賀は長い戦乱を生き延びてきた。

藤川義右衛門は江戸で築きあげたもののすべてを捨て、名古屋へと落ちた。

「もうたくさんだ」

「分け前をくれ」

命からがら江戸を出たところで、今度は生き残った配下の抜忍たちが、叛乱《はんらん》を起こした。

「贅沢ができるというから、仲間になった」

「ようやく酒も呑め、女も思うようにできるとなったところで、そのすべてを失ってしまった。もうたくさんだ」

抜忍たちの多くは、吉宗に思うところなどはなかった。ただ、酒や女は論外、白い米《くみ》でさえまともに口にできない境遇から脱出できるというから、藤川義右衛門に与《くみ》していただけなのだ。

御広敷伊賀者組頭の地位を奪われ、幕臣から脱するしかなくなった藤川義右衛門の恨みに付き合わされて、幕府のお尋ね者になるなど嫌だと、配下たちが離れた。

「抜けるを許さぬ」

「死を与える」

そんな伊賀者の掟《おきて》を持ち出したところで、抜けた連中には意味がない。さらに藤川義右衛門の復讐に同意している者よりも、叛乱を起こした者の方が多い。

戦えば勝つが、まちがいなく貴重な戦力を失う。

藤川義右衛門は、集団での戦いを避け、金を渡すことで叛乱を起こした者たちを切り離し、そこから個別に始末していった。

金を手にしたことで叛乱を起こした者たちの結束は崩れ、藤川義右衛門の手元には分けた金は戻った。

しかし、配下は最初からともにある鞘蔵だけしか残らなかった。

「まあいい。もう一度繰り返すだけだ」

藤川義右衛門が嗤った。

「ですが、どうやって手を増やしまするか。名古屋で無頼を集めたところで、江戸の二の舞になるだけでございましょう」

鞘蔵が懸念を口にした。

「無頼は道具だ。飯を喰うための箸と同じ、折れたところで困りはせぬ。我らだけでは手が回らぬところをさせればいい」

「金を稼がせる」

「ああ。金は要る。金がなければ、生きていけぬ。手裏剣などの武器も買えぬ」

江戸で稼いだ金は、そのほとんどを失い、手元には百両ほどしかなくなっている。

一両あれば一家四人が一月喰える。二人ならば百両で、十年は余裕でやっていけるが、それでは意味がなかった。

藤川義右衛門は吉宗の命を奪う、あるいは悔し涙を流させるために、恥を忍んで生きているのだ。

「まずは宿屋から居場所を移す」

旅籠《はたご》というのは、食事の支度も風呂の用意も居室の清掃もしなくてすむ代わりに金がかかる。さらに絶えず他人の目がある。旅籠の奉公人はいうまでもなく、泊まり客でさえ部屋に入りこむことがあった。

もちろん、機密というか、見つけられて困るものを部屋に残したままでかけることはないが、それでも油断はできなかった。

また、あまり長期間滞在していると、宿屋から町奉行所へ届けられたりもする。

朝廷とかかわりを持つ者が出てくることを嫌って、幕府が制限をかけている京だけでなく、どこの城下も余所者《よそもの》には警戒する。

「どこに移りましょうぞ」

鞘蔵が問うた。

「城下の外れに無住寺《むじゅうじ》くらいあるだろう」

藤川義右衛門は江戸の深川に潜んでいるとき、無住寺に本山から派遣された住職だと偽って住みこんでいた。

放下《ほうか》の術を得意とする伊賀者にとって、坊主ほど化けやすい者はいなかった。いろいろなことを学んでいる僧侶はあるていど尊敬をされるため、疑われにくい。

また、無頼などが入りこんで騒いだり、博打場《ばくち》としたり、女を掠って連れこんだりして、治安が悪くなる原因となることもある無住が解消されることは、近隣にとっても利点があった。

なにより、日が落ちれば、誰も寺には寄り付かなくなる。

「なるほど」

鞘蔵が納得した。

翌日、旅籠を出た二人は、名古屋城下を貫く本町《ほんまち》通りを南下、若宮《わかみや》八幡の門前町を過ぎて、繁華なところを離れた。

「この辺りがよさそうだ」

辻で足を止めた藤川義右衛門が、さりげなく周囲に目を飛ばした。

「……この辺りは組屋敷が並んでおりますな」

鞘蔵も納得した。

組屋敷にも種類はあるが、そのほとんどは同心たちが集まって住まう。最下級の士分の同心は、江戸や大坂、京の町奉行所同心、長崎奉行所の支配同心を除いて、そのほとんどは貧しい。

よくて五十俵、悪ければ二十俵くらいの禄しか与えられていない。金になおせば年に二十両から八両ていどでしかないのだ。それでいて、役目や武士としての体面の維持はしなければならない。さすがに喰いかねるとまではいかないが、それでも古着を買うにもかなり悩まなければならないくらいではある。

それこそ、組屋敷という家賃の要らない長屋がなければ、やっていけなかった。

「その日の内職に忙しかろう。とても周囲に気を遣う余裕などないはずだ」

藤川義右衛門がこの辺りを選んだ理由を述べた。

「では、空き寺を探しましょうか」

「うむ」

二人は細い路地にも気を張りながら、目的の空き寺を求めた。

「……とはいえ、あまり荒れ果てていても困る。門が破られている、屋根に大穴が空いているくらいならばどうにかなるが、さすがに本尊がないのはな」

藤川義右衛門が嘆息した。

無住寺に新たな住職が派遣されるというにも条件があった。祀《まつ》るべき本尊がある。これが必須であった。

「あそこはいかがで」

鞘蔵が表辻から一本入ったところで、小さな山門を見つけた。

「ふむ。山門は釘付けにされているようだが……潜り門は生きているようだな」

「気配もございますな」

二人が寺を見つめた。

山門が釘付けにされているという段階で無住は確定である。潜り門に通行の跡が見えるのは、なかがそれほど酷《ひど》くない証明になる。檀家が出入りしているのではないかと考えられるように思えるが、そもそもまともな檀家がいれば、寺が無住になることはまずない。

住職が亡くなったとしても、あるていど檀家がいれば、いくらでも本山から送ってもらえる。

本山にはまともに経典を学ぼうとしている者もいるが、適当な寺で住職をして、衣食住を賄《まかな》いたいと願っている者も多い。

住職がいなくなって困る檀家、本山で行き場所もなく困っている僧侶、両方の意図が合致すれば当然、無住になることはなくなる。

だが、檀家がいない、あるいは檀家にはなっているがほとんど交流をしない連中ばかりだと、無住になる。檀家がいなければ、無住になったことさえ本山へ連絡が行かなかったり、行っても生活の面倒は己でとなると跡継ぎになりたがる者はいない。

「供物《くもつ》、お布施をしなくてすむ」

質《たち》の悪い檀家のなかには、無住となったことを喜ぶ者もいた。

「できるだけ、穏やかにな」

「言うに及ばず」

藤川義右衛門の注意に、鞘蔵が笑った。

「おい」

まず藤川義右衛門が潜り門を叩いた。

「……誰なんでえ」

なかから面倒くささそうな反応が返ってきた。

「親分からの伝言だ」

「ああん」

応答した無頼が、潜り門に付けられている覗き窓を開けた。

「……誰だ、てめえ」

「地獄の親分からの使いだ」

覗き窓へと藤川義右衛門が棒手裏剣を突き出した。

目から脳へと突き通された無頼が声もなく死んだ。

「……………」

「行けっ」

「おう」

軽く跳んだように見せながら、鞘蔵が門脇の塀を乗りこえた。

「…………」

すぐに潜り門が鞘蔵によって開けられた。

「門番は一人だったか。となれば、なかにはそれほどおらぬな」

江戸で繰り返した制圧である。藤川義右衛門が淡々と言った。

「生かしますか」

「いや、まだ名古屋の気質がわかっていない。そんなときにいつ裏切るかもわからぬような連中を抱えこむことは避けたい」

力で抑えた無頼は、いつ敵になるかわからない。

「承知」

潜り門をもう一度閉じて、鞘蔵が本堂へと走った。

二

徒目付総入れ替えは、江戸城を大きく揺るがした。

「公方さまが、徒目付ごときにお目通りを許された……」

「逆らえば、どのような身分であれ、お咎めになる」

御目見得以下という、将軍にとってどうでもいい者たちにまで、直接かかわった。

吉宗の本気をようやく役人たちは知った。

「我らも捨てられたか」

世襲制の隠密御用徒目付だった者たちが、常磐才太郎の屋敷に集まっていた。

「別にかまわぬだろう。禄は減らぬ。たしかに小普請金を出さなければならなくなったが、それくらい役目で走り回るよりましだ」

別の御家人がかえってよかったのではないかと言った。

「西間木、そう言うが隠密役も外されたのだぞ。いつ家禄が削られてもおかしくはない」

楽観している西間木に歳嵩の御家人が首を横に振った。

「削られるのか、それはかなわぬ」

「新地尾氏の言うとおりじゃ、家禄が削られるのは困る。娘に縁談が来ておる」

隠密御用徒目付だった者たちが、苦い顔をした。

「どうする。徒目付隠密御用掛《がかり》として今後も働くと、惣目付さまに忠誠を誓い、頭を垂れるか」

西間木が問うた。

「…………」

誰もがためらった。

「……要るかの」

常磐才太郎がぽつりと言った。

「どういう意味だ。隠密御用はこれからもあろう」

もっとも歳嵩の新地尾が怪訝な顔をした。

「坪塚……」

「…………」

情けなさそうな声を常磐才太郎が出した。

呼ばれた坪塚が盛大なため息を吐いた。

「おい」

西間木が返答を要求した。

「惣目付さまには、従う伊賀者がいる……」

坪塚がうつむいて、先日のことを語った。

「伊賀者がか……」

「むうう」

新地尾と西間木が唸った。

「それがまことなれば、我らは不要じゃの」

西間木が唇を嚙んだ。

「しかたないの」

「公方さまのお怒りを買ったのだ。家を潰されなんだだけ、幸いであったと考えるべきじゃな」

「……ああ」

元隠密御用徒目付たちが、うなずき合った。

「まあ、だからといって我らの交友までなくさずともよいだろう。いずれ復帰の目が出てくることもあろう」

「であるな。たまには酒でも酌み交わそう」

新地尾と西間木が、沈んだ常磐才太郎と坪塚を慰めるように言った。

「……そうしてくれるか」

「たすかる」

隠密御用を承るという役目柄、他の者との交流はないに等しい。常磐才太郎と坪塚も喜んだ。

「では、今日はここらで……」

「そうだな。薄田には吾から伝えておこう」

西間木と新地尾が腰をあげかけた。

「薄田は遠国御用か」

隠密御用の性質上同僚といえども、どこになにをしに行っているかは知らされていない。だが、長く会わないということで、あるていどの推測はできた。

「いや、もう帰っているはずだ。おそらく、お目付さまへご報告をすませているのではないか」

新地尾が知っていることを伝えた。

「……おまえさま」

百俵の御家人の屋敷に客間はない。皆、常磐才太郎の居間で話をしていた。そこへ、常磐才太郎の妻が顔を出した。

「いかがいたした。お客人がおられるのだぞ」

常磐才太郎が、妻を叱った。

「薄田さまがお見えでございまする」

妻が告げた。

「おおっ。家人に伝言しておいたのが功を奏したか。すぐにここへ」

「それが……」

通せと言った常磐才太郎に妻が困った顔をした。

「どうした」

「もうお一人、お連れの方が」

「……どなただ」

常磐才太郎が思い当たる節はないかと、一同を見た。

「知らぬぞ」

「吾もだ」

皆、戸惑っていた。

「お名前は伺ったか」

「それが、薄田さまが直接、ご紹介されると」

「薄田どのがそう言われるならば問題ないだろうが、どうだ、ご一同」

一応、常磐才太郎が確認を取った。

「かまわぬ」

「貴殿の屋敷じゃ」

反対はなかった。

「では……こちらへ通っていただけ」

常磐才太郎が妻にうなずいた。

「誰であろう」

「薄田が連れてきたというが……」

坪塚と西間木が首をひねった。

「お見えでございまする」

ふたたび妻の声がした。

「おう、入ってくれ」

「邪魔をするぞ」

常磐才太郎の許可が出ると同時に、襖が開いて薄田が入ってきた。

「集まっておるな。ちょうどよかった」

四人の顔を確認した薄田が、満足げに首を縦に振った。

「薄田氏、お連れの方はどなたか」

常磐才太郎が屋敷の主として訊いた。

「おおっ、澤司さま、こちらへ」

薄田がていねいに招いた。

「うむ」

もと奥右筆組頭の澤司現三郎が堂々と現れた。

「奥右筆組頭の任にあられた澤司さまじゃ」

薄田が紹介した。

「……奥右筆組頭さま。それは」

あられたと薄田が言ったことに気づかず、あわてて常磐才太郎が、上座から降りた。

「どうぞ、奥へ」

「…………」

上座を譲られた澤司現三郎が、無言で移った。

「本日はどのようなご用件で」

奥右筆組頭の権力は、徒目付どころか目付も凌駕《りようが》する。

常磐才太郎が恐る恐る尋ねた。

「そなたら、徒目付を辞めさせられたであろう」

「はい」

上から見下ろすように言う澤司現三郎に、常磐才太郎が代表して首肯した。

「それについてどう思うか」

「……御上のお決めになったことでございますれば……」

問われた常磐才太郎が建前を口にした。

「腹立たしくはないのか」

「…………」

確かに不満がないとは言えないが、幕府の決定に不満を言うわけにはいかなかった。なにより、澤司現三郎がどういう意図で質問したのかがわからないうちは、迂闊に答えるのはまずい。

常磐才太郎が無言で応じた。

「すべて惣目付水城の仕業である。わかっているな」

「…………」

重ねて訊いてきた澤司現三郎に、今度も常磐才太郎が沈黙した。ただ、この場合の沈黙は肯定であった。

「水城はたしかに公方さまのお気に入りである。義理とはいえ娘婿でもあるし、公方さまとのお付き合いも、紀州家の当主であられたころからと長い」

澤司現三郎が語り始めた。

「公方さまは紀州から本家に戻られた。旗本になじみがないのも無理はない。だからこそ、水城のような者でも顔見知りであるというだけで頼られる。これが公方さまのお身の回りのお世話をいたす小納戸くらいでお使いになられるならば、何一つ問題はない。しかし、公方さまは水城を政の中央へ置こうとなされている。そなたたちも調べるくらいはしたのだろう、水城の経歴を」

「それはいたしましてございまする」

確かめられた常磐才太郎がうなずいた。

「勘定筋ながら算盤《そろばん》を触ったこともない厄介叔父も極まる四男で、剣術に淫《いん》していた愚か者。それが家を継いだ長兄が病死。次兄、三兄はすでに他家に養子に出ていたため、運良く家督が転がりこんできた。勘定方の色も匂いも付いていなかったことが、新井白石に気に入られて、勘定吟味役に抜擢され、そのお陰で紀州藩主だったころの公方さまと知り合う。公方さまが将軍となられるなり、大奥を預かる御広敷用人に起用され、竹姫さまの御用を承った」

竹姫と吉宗は互いに惹かれあいながら、五代将軍の養女、七代将軍の養子という形だけの系譜が、血の繋がりのない一族という名前が、二人の未来を断った。

「血など何代遡ってもかかわっておらぬというに」

大叔母との婚姻は人倫にもとるという大義名分を、吉宗は破れなかった。

「将軍は天下の規範となるべし」

大奥の改革に出た吉宗を嫌った六代将軍家宣の正室天英院《てんえいいん》、七代将軍家継の生母月光院《げつこういん》の言葉を無視できなかった。

「己が義を枉《ま》げながら、他人には改革を強《し》いるのか」

そう言われれば、改革は破綻《はたん》する。

「御広敷用人の任を解く」

任を解かれた聡四郎は、わずかな休息の後、今度は遠国の監察とも言うべき道中奉行副役に任じられた。

「……そして道中奉行副役を終えた水城は、そのまま惣目付になった。すでに大目付、目付があるというのに、わざわざ水城のためだけに創られた役目にだ」

「…………」

元徒目付たちが息を呑むようにして、澤司現三郎を見つめた。

「公方さまのご意志であることには違いないが、なにを目指しておられるのか……」

澤司現三郎が、大仰《おおぎょう》にため息を吐き、首を左右に振ってみせた。

「幕府の無駄をなくされようとなさっておられるのでは」

薄田が口を挟んだ。

「そうらしい。公方さまがときどき倹約をお口になさることは聞いている。しかし、正式に御用部屋で検討され、奥右筆部屋へ持ちこまれてはおらぬ」

澤司現三郎が手を振った。

幕府がなにかしら法度や布告を出すときは、まず御用部屋でそれが妥当か、訂正する余地はないかを議論し、その後、奥右筆部屋に問い合わせが来る。

「前例はございませぬ」

「四代将軍家綱さまの御世に、よく似たことが提案され、却下されておりまする」

幕政にかかわる過去すべての書付を把握している奥右筆は、その法度や布告の妥当性を確かめる。

「問題はございませぬ」

こうして奥右筆組頭の花押《かおう》が入って、ようやく法度や布告は効力を発揮する。

「つまりは、公方さまの仰せられている倹約は、御身だけのこと」

吉宗一人が倹約すると宣言しているに過ぎないと、澤司現三郎が告げた。

「それは……」

「あまりに……」

元徒目付たちが、将軍の言葉を否定したにひとしい澤司現三郎に唖然とした。

「政は、一人公方さまだけのものではない。御上が力を合わせて造りあげるものぞ」

澤司現三郎が問題ないと述べた。

「さて、今の状況が正しいとは思えぬということはわかったであろう」

「…………」

これも将軍への非難になりかねない。うなずきがたいことを口にした澤司現三郎に、元徒目付たちは口を開かなかった。

「沈黙は肯定とみなす」

「…………」

念を押した澤司現三郎へ、やはり誰も異論は出さなかった。

「……よさそうだな」

ゆっくりと澤司現三郎がうなずいた。

「じつは、とある高貴なお方が、公方さまの贔屓《ひいき》が天下に影響を及ぼすのではないかと危惧されておられての。拙者も同じ思いであったゆえ、そのお方のお手伝いをいたすこととなった」

「高貴なお方……」

「天下を気になさるほどの重職」

常磐才太郎と坪塚が不安そうな顔をした。

「安心せい。吾も澤司さまのお考えに賛同している」

薄田はすでに籠絡《ろうらく》されていた。

「純粋に幕政を想ってのことではあるが、そなたらには政のなんたるやは難しかろう。かと申して、知らぬ顔も情けない。そう考えてくれるならば、一人あたり、月に二両の手当を御支給くださる」

「二両……」

娘の婚姻がと言っていた元徒目付たちが息を呑んだ。

「それだけではない。惣目付を廃するか、あるいは大目付のように棚上げできたときには、そなたらを御目見得以上二百石に引きあげても……」

戸田山城守はそこまで言っていないが、澤司現三郎は勝手な褒賞《ほうしょう》を付けくわえた。

奥右筆組頭に返り咲けたなら、このていどは余裕でできた。

「御目見得以上……」

「二百石」

元徒目付たちが唾を呑んだ。

「む、娘の縁談を止めねば……」

目見得のできない御家人と目見得以上の旗本の間には大きな壁がある。それこそ、庶民と武士ほどの格差があり、よほどのことでもなければ、旗本の娘が御家人へ嫁ぐことはなかった。

「もちろん、結果が出ねば、褒賞はないぞ」

澤司現三郎が釘を刺した。

奥右筆組頭に戻るには、戸田山城守を納得させるだけの功績が要る。そして、筆しか扱えぬ己が、聡四郎に敵《かな》うはずもない。澤司現三郎は実際に聡四郎と相対するだろう元徒目付たちを鼓舞《こぶ》するために、その目の前に餌をぶらさげたのであった。

「いかがする」

「ご、御老中さまのお指図とあれば従いまする」

「御上のためでございまする」

「命を賭《と》して」

澤司現三郎に確かめられた一同が首肯した。

三

新しく徒目付となった者たちは、目付の指示にも異を唱えなかった。

「麻布《あざぶ》で火事があったそうじゃ。町奉行所から付け火ではないかとの報せもあった。臨場いたす。付いて参れ」

「はっ」

「小普請支配浅野主膳《あさのしゅぜん》の組士《くみし》である、瀬戸柵左衛門《せとさくざえもん》に不行跡《ふぎょうせき》の疑義がある。卑しき賭場へ出入りをしているとの噂である。確かめて参れ」

「承知をいたしましてございまする」

目付たちの命に徒目付は素直に応じる。

「火付けの証を探せ」

「賭場を見張るのじゃ。そこに出入りしているかどうかを確かめよ」

新任のうえ、引き継ぎを受けている最中でもある。目付たちが求めるところまではいたっていないが、それでも文句を言わず、手を抜かない。

「……使えるな」

「ああ」

阪崎と五藤が目付部屋で怪訝そうな顔で話をしていた。

「しつこく、なにをしているのかとか」

「命じられた以上のことをしている様子もない」

惣目付に報せている風も見受けられない。

二人が首をかしげた。

「惣目付はなにを考えているのだ」

阪崎が嘆息した。

「五十人も一人で使えぬからではないか」

五藤が推測を口にした。

「たしかに一人で五十人の配下など、大番組や先手組《さきてぐみ》でもなければありえぬな。なにより、探索や監察は密をもってよしとするもの。かかわる者が増えれば増えるほど、漏れやすくなる」

阪崎が納得した。

「ということは、惣目付が抱えこんだ徒目付どもがいると」

「おそらくな」

五藤の考えを阪崎が認めた。

「我らのところに来ている者は、惣目付に選ばれなかった……」

「……………」

阪崎の言葉を五藤が無言で認めた。

「誘ってみるか」

「……いきなりはどうかの」

五藤が慎重に事を運ぶべきだと阪崎に提案した。

「そうよなあ」

言われた阪崎が思案した。

「では、役目として命じるのはどうじゃ」

「役目……」

阪崎の話に、五藤が首をかしげた。

「惣目付を調べさせるというのはどうだ」

「無茶だぞ、それは」

さすがに無理だと五藤があきれた。

「ふむう」

不満そうに阪崎が唸った。

「そこにいたるまでは、いささかときをかけるべきだ」

五藤が焦るなと阪崎をなだめた。

「しかし、いつまで待つのだ。様子を見ているうちに惣目付が手柄を立てれば、目付不要との論が城中で起こりかねぬ」

阪崎が危惧を口にした。

「……むっ」

否定できないと五藤が呻《うめ》いた。

「大目付はどうだ」

目付は将軍以外に敬称を付けずともかまわない。

「傍観のようだな。芙蓉の間でいつものように、茶を飲み、世間話をしておるそうだ」

苦い顔で阪崎が答えた。

大名目付であった大目付は、三代将軍家光のころに手柄を立てたいがためにやり過ぎてしまい、大名を潰してまわり、牢人を世に溢れさせた。その結果、四代将軍家綱の御世が始まった途端に、世に溢れた牢人を糾合《きゅうごう》した由井正雪が蜂起《ほうき》、幕府の根幹を揺るがすほどの大騒動になった。

幸い乱は小火《ぼや》ですみ、被害はほとんどなかったが、それでも執政たちの心胆《しんたん》を寒からしめた。

「おとなしくしておれ」

こうして大目付は、権限を剝奪《はくだつ》されはしなかったが、実質使えない状態にされてしまった。

今では大目付といえば、町奉行や小姓組頭、大番頭などを歴任し、そろそろ隠居を考えるころとなった旗本の名誉職になっている。

「…………」

阪崎が難しい顔をした。

「そのままには受け取れぬか」

目付は旗本の憧れの役目であり、俊英中の俊英が選ばれる。すぐに五藤が気づいた。

「大目付まであがってきた連中が、この機を利用しないとは思えぬ」

水を向けられた阪崎が言った。

町奉行にしても大番頭にしても、いきなりその職に就けるわけではなかった。それこそ小姓や書院番を始めに、遠国奉行、先手頭などを経て、何十年もかかる。しかも、町奉行はたった二人しかいないし、役目柄職務に慣れるのに手間がかかる。そのため、一度任じられると病、死亡、将軍代替わりでもない限り、十年は務める。

さらに旗本のすべてが狙うと言ってもいい役目となれば、なにかあればそれを足がかりにその役目を奪おうとしてくる。

わずかな傷が致命傷になる。それが役人というもの。その役人として生き残り、そこまで出世した大目付たちが、この流れを座して見ているとは思えなかった。

「どう出てくるか。我らに任された大名監察の権を取り戻そうとするか、あるいは……」

「惣目付になりかわって、公方さまの手として動こうとするか」

阪崎と五藤が、大目付にも注意が要るとの考えで一致した。

「どうだろう、徒目付どもに大目付を見張らせては」

「それは妙手かもしれぬの」

五藤の発案に阪崎がのってきた。

「見張っている徒目付どもがどのような反応をするか見るだけでも価値はある。なにより目付本来の役目じゃ。惣目付に報告をされても、問題にはならぬ」

己を探られているとなれば、嫌な気分にもなる。また、反発もする。

「よかろう、徒目付に命じようぞ」

阪崎が首肯した。


新任の徒目付たちは、経験したことのない任に混乱していた。

「今日は、大手門番であった」

「違うぞ、おぬしは桜田《さくらだ》門じゃ」

「城中巡回はどの道筋であったか」

お目付方御用所は騒然としていた。

「目付である。開けよ」

阪崎がお目付方御用所前の廊下で大声を出した。

「お目付さまじゃ」

徒目付組頭となった蜂屋左門が急いで座を立った。

不適格だと大広間濡れ縁から連れ出された三人の御家人の代わりとして、蜂屋左門は辞職を免れ、経験者として組頭に出世していた。

「お待たせをいたしましてございまする。御用でございましょうか」

廊下に出た蜂屋左門が膝を突いた。

「そなた……顔に覚えがあるな」

ふと阪崎が目をすがめた。

「公方さまの思し召しにより、組頭として勤めておりまする」

蜂屋左門が答えた。

「そなたではいかぬ。誰ぞ、新しく来た者を寄こせ。あちらの座敷で待っておる。急げ」

吉宗によって解職を免れたとあれば、目付より聡四郎の指図を優先するだろうと、阪崎は蜂屋左門を嫌った。

「……ただちに」

目付の言には逆らえない。

蜂屋左門が首肯した。

「……そなた山上《やまがみ》と申したの」

御用所へ戻った蜂屋左門が、なにをしていいかわからず手持ち無沙汰にしている徒目付に声をかけた。

「さようでございまするが、なにか」

「お目付さまの御用を承ってくれ」

「承知いたしましてございまする」

徒目付の役目に就いたばかりで右も左もわかっていない初心者は、目付の指示というのがどれほど面倒なものかをわかっていない。

山上と呼ばれた徒目付が素直に応じた。

「お指図に従うように」

蜂屋左門が山上を追い立てた。

目付に従ったことで、一度は職を失いかけた。役職扶持や役高がないため、徒目付をしたからといって、裕福になるわけではないが、それでもまともに勤めていると、御広敷番や小十人《こじゅうにん》番士などへの出世もあった。

大奥に出入りする商人とかかわる御広敷番は御目見得以下のままだが余得が多く、将軍御成《おなり》の先供を務める小十人は百俵ながら十人扶持の手当が付くうえ身分が御目見得以上になる。

「当分、目付には近づかぬが吉よな」

阪崎に追い払われたことを蜂屋左門は幸いだと独《ひと》りごちた。

「大目付さまを見張れと言われても、どうすれば」

山上が阪崎の命に戸惑っていた。

大目付と目付は名前の響きから、上役と下僚ととられやすいが、大目付は老中支配、目付は若年寄《わかどしより》支配とまったく別のものであった。

そして徒目付は目付の配下とされているため、大目付との関連は一切ない。

もともと大目付は下僚を持たず、自らの家臣を使っていた。今のように、総登城の立ち会いや、外様大名の家督相続のときに同席するくらいしか仕事がなければ、下僚も家臣も不要であった。

「芙蓉の間であったな」

徒目付に任じられて最初に徹底的に叩きこまれたのが、城中の位置関係であった。

「決して、足を踏み入れてはならぬ」

蜂屋左門から何度も念を押されたのは、将軍の居室である御休息の間と執務室である御座の間、老中の執務室である上の御用部屋、若年寄の使用する下の御用部屋、奥右筆部屋、目付部屋、大奥であった。

大目付の詰め所である芙蓉の間は、そこに含まれてはいなかった。

「芙蓉の間には寺社奉行さまも、留守居さまも、町奉行さまも勘定奉行さまもおられる。そんな畏れ多いところを見張るのか」

あらためて山上が啞然とした。

寺社奉行は大名が任じられるが、その他はすべて旗本のあがり役である。いかに徒目付が役目でと抗弁したところで、怒らせれば終わる。

「拙者が命じた」

目付の名前を出したところで、まちがいなくかばってはもらえない。下僚をかばうような者が、目付になれるはずがないのだ。

目付は公明正大、たとえ配下であろうともかばうことはなかった。自ら命じたことでも、そこは変わらない。ようは、己に傷が付かなければいい。

経歴に少しの傷でもあれば、目付にはなれなかった。

目付は幕府の役人としては、唯一任命ではなく、同役たちの推薦入れ札制を採っていた。

「欠員の追加について、これはと思う者がおれば」

当番目付の言葉に応じ、目付たちがこれはと思う者の名前をあげる。

「そやつは、かつて林大学頭《はやしだいがくのかみ》の私塾でもめ事を起こしておる」

「某の従弟《いとこ》が謹慎を命じられている」

本人はもとより、一族の失策でも欠点とされ、推薦から失格させる。

身内ならまだあきらめもつくが、配下の失敗まで含まれてはたまったものではない。

「しくじるな。吾が名を出すな」

阪崎の釘刺しを山上は受けている。

「…………」

山上は城中巡回の振りをして、芙蓉の間に近づいた。

「同じところにいるな」

「動き回るな」

目立たないように見張る方法を、蜂屋左門から習った。

山上が、少し離れたところから、芙蓉の間を見張った。

「…………」

当たり前だが、そうそう詰め所から大目付は出てこない。

芙蓉の間は、幕府役人のなかでも上から数えたほうが早い大名や旗本が詰める。

もちろん、役目の格である大概順《たいがいじゅん》に従って座敷のどこに腰を据えるかは決まっている。当然、部屋を出入りする襖も決まっている。

大目付は芙蓉の間に詰める役人のなかでは中位になり、出入りは下座に近い襖からになった。

「歳をとると近くなってかなわぬ。どれ、厠に」

大目付松平《まつだいら》石見守《いわみのかみ》乗宗《のりむね》が、芙蓉の間を出た。

「石見守さま、お厠でございましょうか」

近くに控えていたお城坊主が素早く近づいた。

「ああ」

「ご案内を仕ります」

お城坊主が先導した。

「石見守さま……あのご老体が大目付さま」

山上が緊張した。

松平石見守は、宝永《ほうえい》二年（一七〇五）に大目付となり道中奉行、分限帳《ぶげんちょう》検《あらた》めを兼任している。赤穂《あこう》浪士の討ち入りの一件にもかかわった練達の大目付仙石伯耆守《せんごくほうきのかみ》久尚《ひさなお》が小姓組番頭へ転じていった後を受けて、先達となっていた。

「……………」

そっと山上が跡を尾けた。

「……頼む」

厠から出た松平石見守が手を出した。

「ご無礼を仕ります」

お城坊主が手水鉢から柄杓《ひしゃく》で汲んだ水をかけた。

「こちらを」

間を置かず、お城坊主は懐から出した懐紙を差し出した。

「うむ」

うなずいて受け取った松平石見守が懐紙で手を拭いた。

「お預かりをいたしまする」

使い終わった懐紙をお城坊主が受け取ろうと身体を寄せた。

「石見守さま」

「…………」

こういった形を取るときはお城坊主の密談だと、長く役人をしている者は知っている。無言で松平石見守が耳を傾けた。

「徒目付が、芙蓉の間を見張っておりまする」

お城坊主ほど城中を知る者はいない。昨日今日徒目付になった者の行動など手に取るようにわかる。今も遠くからこちらを覗いていると見抜いていた。

「…………」

無言で松平石見守が小さくうなずき、承知したと返した。

「どうぞ」

密談を手短に終わらせたお城坊主が、芙蓉の間への案内にと先に立った。

ちらとも山上のほうへ目もやらず、松平石見守は芙蓉の間へと戻った。

「日向守《ひゅうがのかみ》どのよ」

松平石見守が、もう一人の大目付である内藤《ないとう》日向守正峯《まさみね》に話しかけた。

「なんでございましょうや」

享保《きょうほう》二年（一七一七）に書院番組頭から転じてきた内藤日向守が、先達への礼儀をもって応じた。

「我らに徒目付の目がついたようじゃ」

「……なるほど」

声を潜めた松平石見守の意図を汲んだ内藤日向守が、一瞬の間をおいたとはいえ、平静に受け止めた。

「目付どもでございましょうか」

「惣目付ということもある」

内藤日向守の予想に松平石見守が付け足した。

「目付であれば不遜《ふそん》、惣目付ならば公方さまのお指図」

「うむ」

松平石見守が内藤日向守の考えに同意した。

「目付だとすれば、なにを考えておるのでございましょう。すでに大目付は釘隠しでございますが」

釘隠しとは柱や鴨居《かもい》に打ちこまれた釘の頭を隠すための装飾である。つまり、飾りだと内藤日向守は自嘲《じちよう》したのであった。

「分限帳検めの権が欲しいのであろう」

松平石見守が推測を口にした。

分限帳とは、領地や知行《ちぎよう》、扶持など幕府が大名や旗本へ与えている禄を記載したもので、これをもとに家督相続、加増や減禄がおこなわれる。いわば、武士の生活のもととなる記録であった。これを検めるのも大目付の役目であった。

「相違ございませぬ」

「いささか、疑義あり。巡検使《じゆんけんし》の調査と合致いたしませぬ」

前者ならばいい、問題なく家督は認められる。だが、後者の場合は騒動になった。

分限帳より少ないならばまだいい。地震や大風で田畑が潰れ石高が減ることはある。事実、宝永には富士山が大噴火し、信濃《しなの》、相模、駿河《するが》、甲斐《かい》、上野《こうずけ》などに大きな被害を出した。

多いと隠田《おんでん》をしていたとなる。

幕府に対する奉公である軍役は禄によって決められていた。もし、禄を少なく申告すれば、軍役の負担が減る。だが、これは幕府への裏切り、忠誠を果たしていないことになり、最悪の場合は改易にいたる。

ゆえに大名や知行所持ちの旗本は、新田開発に成功すると幕府へ届け出て、分限帳の変更を願うのだ。まさに分限帳は、大名・旗本の命といえた。

「分限帳まで握れば、目付はまさに敵なしでございますな」

内藤日向守が嘆息した。

「そして大目付は、完全な抜け殻《がら》になる」

松平石見守も苦い顔をした。

「惣目付はなんのために」

「言わずと知れよう。惣目付なぞ、公方さまの傀儡《くぐつ》じゃ。惣目付のすることはすべて公方さまのご意志による」

「傀儡……なるほど。それで水城を惣目付に」

「であろう。あやつは上様の子飼いじゃ」

納得した内藤日向守に松平石見守がうなずいた。

「ということは、公方さまは我ら大目付を……」

「不要と判断なされたのであろう。大目付を廃止なさる理由を探すために惣目付を……」

内藤日向守の言葉に、松平石見守も同意した。

「許せませぬな」

「思うようにされはせぬ。しばし様子を見て反撃いたしましょうぞ」

二人が顔を見合わせた。

「……なにもないか。厠で別の誰かと密談している様子もない」

山上が芙蓉の間へ入っていった松平石見守を見送って呟いた。

「……いつまで続ければよいのやら」

初日から山上は徒労感にさいなまれる羽目になった。

四

目付の蠢動《しゅんどう》を聡四郎は気にしていなかった。というより、気にする余裕がなかった。

「すべてを監察すると言われてもな」

梅の間で聡四郎は嘆息した。

「聡四郎、入るぞ」

声をかけると同時に、吉宗が梅の間に入ってきた。

「公方さま、お召しをいただければ、こちらから参上をいたしまする」

あわてて聡四郎は下座に控えた。

「呼びに行かせる手間が面倒だ」

「面倒でも手順は踏んでいただきたく。監察としての立場がなくなりまする」

「おまえも堅くなったな」

聡四郎の諫言《かんげん》を不満そうに吉宗が流した。

「遠江、誰も近づけるな」

「はっ」

いつものごとく扈従《こじゅう》している加納遠江守に吉宗が、見張りを命じた。

「さて、聡四郎」

「はい」

「奥右筆がこと、見事であった」

吉宗が奥右筆への臨検を功績と認めた。

「畏れ多いことでございまする」

将軍に褒められたのを謙遜《けんそん》するのも失礼になる。功績というほどでもないものを褒めるという見る目のない主と嗤っているのも同然ととられるからだ。

「そなたのおかげで、ずいぶんと仕事が減ったわ」

「……………」

返答がしづらいと聡四郎は無言で頭を垂れた。

「今後も遠慮なくやるがいい」

「はっ」

吉宗の言葉だけに、聡四郎は首肯するしかなかった。

「ところで、徒目付どもはどうだ」

「まだ、わかりかねておりまする」

話を変えた吉宗に、聡四郎は首を横に振った。

徒目付の仕事を監督するだけの余裕はない。聡四郎は素直にできていないと報告した。

「使えそうな者はおるか」

腹心として、手足として抱えこめる者はいるかと吉宗が問うた。

「それも……」

「さっさと見繕っておけ。できる者は誰でも欲しがる。目付が先に手出しをしてくることも考えておけ。一人優秀な者を手の内に入れることは、向こうの戦力を削《そ》ぐ意味にもなる」

「お教えありがたく頂戴いたしまする」

さすがに紀州藩主の四男から、それも湯殿番《ゆどのばん》という身分低い生母を持ち長く公子と認められていなかった境遇から、天下の将軍にまで成りあがった吉宗の助言は、正鵠《せいこく》を得ている。

聡四郎は深々と頭を下げた。

「つきましてはお願いが一つございまする」

「珍しいの、聡四郎から願いとは。許す、申せ」

吉宗が促した。

「一人、補助の者を任じたく存じまする」

「補助……隠密役は伊賀者がするのであろう。ああ、書付などの処理か。ならば奥右筆から……いや、奥右筆が足りなくなれば、政に遅滞《ちたい》が生じるか」

聡四郎の求めに、吉宗が思案した。

「畏れながら、かつて勘定吟味役であったころに、改役をしてくれた者を補助にと」

「勘定吟味改役か」

「すでに隠居をいたしておりまするが……」

思案を続ける吉宗に、聡四郎が太田彦左衛門のことを語った。

「なるほどの。そなたが勘定吟味役のころに支えてくれたのであるか。実務にも長けておるようじゃな」

「はい。隠居の身ゆえ、あまり無理はさせられませぬが、わたくしの至らぬところを補ってくれると確信しておりまする」

「跡継ぎは養子だと申したの」

吉宗が念を押した。

「はい。すでに家督はそちらに」

「ならば、一代抱えでいいな」

聡四郎の答えに吉宗が一人うなずいた。

一代抱え、一代抱席《かかえせき》は、その字のとおり、一代だけ禄を給するというものである。町奉行所の同心、黒鍬者の一部などにその身分はあり、一応当主の死亡をもって禄は取りあげられる。とはいえ、実態は息子や弟などの跡継ぎをそのまま新たな一代抱えとして召すので、世襲となんら変わらなくなっている。

とはいえ、名目上は相続ができない。

「惣目付の添役となるならば、ここまで入ることになる。あまり低くては面倒なだけじゃな。小納戸くらいの格は与えねばならぬの」

梅の間は将軍の御座に近すぎる。目見得以下の者は当然、端役ではまず新番士たちに止められる。

「二百石で新知召し抱えとする」

「かたじけのうございまする」

聡四郎が手を突いた。

大宮玄馬に三十石しか出せていない聡四郎である。二百石の大きさをよくわかっていた。

「隠居で養子と合わぬと申すならば屋敷も要ろう。明屋敷《あき》で適当なところを奥右筆に見繕わせよ」

「はっ。かたじけなき仰せ」

聡四郎が感謝した。

「……聡四郎」

一拍の間をおいて、吉宗が少し弱い声を出した。

「無手斎の行方はまだわからぬのか」

「まったくもって」

「そうか。紬を護ったのだ、褒美を取らせようと思っておるのだがな……」

さみしそうに目を伏せた聡四郎に、吉宗が息を小さく吐いた。

「……ところで聡四郎、そなたも惣目付になったのだ。今までそのままにしてきたが、さすがに無官では示しが付かぬ」

気を取り直した吉宗が話を切り替えた。

「…………」

吉宗の話に異論は挟めない。聡四郎は無言で聞いた。

「今度の除目《じもく》に入れておいた。除目といったところで、朝廷は追認しかせぬ。そなた、今日から従六位下右衛門大尉《じゅろくいのげうえもんだいじょう》と名乗れ」

「右衛門大尉……」

聡四郎が繰り返した。

「その名のとおり、躬の改革という大屋台を護る者となれ」

「ははっ」

布衣《ほい》、諸大夫《しょだいぶ》の格式はすでに与えられていたが、官職は初めてであった。

「励め」

最後にそう激励して、吉宗が梅の間を後にした。

「遠江」

「はっ」

後ろに従っていた加納遠江守が、近づいた。

「入江無手斎を知っておるな」

「何度か顔を見ておりまする」

腹心である加納遠江守は、吉宗の供をして何度か水城家を訪れており、その折りに入江無手斎と面識を持っていた。

「探し出せ」

「……探し出した折りはいかがいたしましょう」

命じられた加納遠江守が問うた。

「密かに連れて参れ。ただし……復讐の鬼と化しておるならば、葬れ。紬の側に血なまぐさい鬼は不要じゃ」

「はっ」

吉宗の指図に、加納遠江守が首肯した。


尾張徳川家には、家康から付けられた忍があった。

名古屋城が西国《さいごく》大名によって攻められ、あわやとなったときに藩主やその一門を逃すための退き口《の》 鶉口《うずらぐち》を護る御土居下同心《おどいした》である。

御土居下同心は本丸から二の丸、堀を渡って鶉口まで逃げてきた藩主たちを警固して、木曾《きそ》へと案内するのが役目とされていた。

地の利を心得ていた木曾忍のなかから選ばれ、御土居下同心となった。

その出自と特別な任を帯びていたため、役目に就くことはなく、また他の藩士たちとの交流も避けて、ひっそりと暮らしていた。

「久道《ひさみち》どのはおられるか」

「加藤《かとう》か、どうした」

御土居下同心の加藤が、御土居下同心の組頭久道を訪れた。

名古屋城三の丸外、城造りの過程で湿地を埋めたところに、御土居下同心組屋敷はあった。逃げてきた藩主公や一門を休ませることもあるため、御土居下同心の屋敷は、とても同心のものとは思えないほど広壮《こうそう》であった。

「少し内密な話がある」

加藤が、久道を人のいないところへと誘った。

「……ああ」

うなずいた久道が手入れをしていた太刀を鞘《さや》へ納め、後に続いた。

勝手知ったる組頭の屋敷と、加藤が広い庭を横断して、母屋からも外からも声が聞こえないところへと動いた。

「ここらでよかろう。それ以上はまむしが出る」

久道が加藤を止めた。

湿地を埋め立てた御土居下は、年中霧が出るほど湿気が多く、蛙や蛇が嫌というほどいた。

「そうか」

加藤が足を止めた。

「……どうした」

ここまで警戒するというのはよほどのことだと、久道が緊張しながら訊いた。

「城下に忍が入りこんでいる」

「伊賀者なら、何代も住み着いているが、そちらではないのだな」

久道の表情も変わった。

「違う。草ではない」

草は地に長く根付いて隠密をする忍のことだ。重要なことだからか、加藤の口調が変わった。

幕府は御三家にも草を入れ、その動向を監視していた。もちろん、御三家もそれには気づいている。下手に排除して、また新しい者を探すよりは、今いる者を見張るほうが楽なため、見逃していた。

「連絡《つなぎ》ではないのだな」

「確定はしておらぬが、一度も草とは触れあっておらぬように見える」

久道の問いに、加藤が首肯した。

「どこだ」

「橘町《たちばなちょう》裏町に無住寺があったのを知っているか」

「あったな。英楽寺《えいらくじ》であったか。今は馬鹿どもが入りこんで賭場を開いているのではなかったかの」

賭場の取り締まりは町奉行所の職分である。

久道があっさりと応じた。

「そこの無頼がいなくなった」

「無頼なぞ、雲助《くもすけ》と同じで、不意にどこへでも行くだろう」

「賭場を捨てて……」

「むっ」

加藤に言われた久道が詰まった。

無頼は他人の金と生活を喰らって生きている。よく壁蝨《だに》と呼ばれるのは、寄生する相手がいなくなれば、生きていけないからだ。

山や寒村に無頼がいないのは、そのためであった。

その無頼が獲物だらけの賭場を捨ててどこかへ行くなど考えられなかった。

「無頼の代わりに忍が入りこんだと」

「見た目は住職と寺男に扮しておるが、あれは忍だ。なにげない目つきが人ではない」

「門番のおぬしがいうならば違いなかろう」

加藤家は御土居下東矢来《やらい》木戸番所の番人を代々の役目にしている。

御土居下は城の抜け道の出口になる。それは逆に行けば、容易に城へ忍びこめるということでもある。そのため、木戸番には通過する者を見抜くだけの技量が要った。

「今頃、なにをしに忍が城下へ」

加藤が疑問を口にした。

「……殿のお命か」

はっと久道が気づいた。

「今の公方さまと殿の折り合いがよくないと。ことあるごとに殿は公方さまに逆らわれると聞いた。さぞやご気色が悪かろう」

「むうう。御上ならばやりかねぬ」

加藤も唸った。

「尾張の力を削ぐか」

「身の程を知れということではないか」

二人が険しい表情になった。

幕府にとって大事なのは将軍であり、御三家は万一の予備でしかない。そして予備は、本家がしっかりとあるときは、不要であった。その不要な予備が本家に刃向かうなど、許されるものではなかった。

「片付けておいたほうがよいな」

久道が告げた。

光文社文庫

文庫書下ろし／長編時代小説

術《じゅつ》　策《さく》　惣《そう》目《め》付《つけ》臨《りん》検《けん》仕《つかまつ》る㈡

著　者　上《うえ》　田《だ》　秀《ひで》　人《と》

2021年7月20日　初版1刷発行

発行者　鈴　木　広　和
印　刷　萩　原　印　刷
製　本　ナショナル製本

発行所　株式会社　光　文　社
〒112-8011　東京都文京区音羽1-16-6
電話（03）5395-8149　編　集　部
8116　書籍販売部
8125　業　務　部

ISBN978-4-334-79224-4　Printed in Japan

組版　萩原印刷